Barbara Kletzin

Führerlos in Hamm

Zuschlag

AF139041

Impressum
Herstellung und Verlag:
BoD – Books on Demand, Norderstedt
ISBN 978-3-7357-1763-4
Umschlaggestaltung,
Satz und Layout:
Hanig Design, Hamm

Führerlos in Hamm

Barbara Kletzin

Samstagmorgen

Die Blondine, die Laura Malos Büro betrat, glich einer Hollywooddiva aus den Fünfzigern. Sie war schlank und langbeinig. Die Idealmaße ihres Körpers umhüllte ein weißes Kostüm. Das blonde Haar fiel in weichen Wellen auf die Schultern.

Laura Malo fühlte sich beim Anblick der Blonden wie Chandlers Detektiv und fragte mit rauer Stimme:

„Was kann ich für Sie tun, Lady?"

„Sitler, Frau Sitler", säuselte die Frau und setzte sich Laura gegenüber an den Schreibtisch. Sie lehnte sich zurück und schlug die Beine übereinander, so dass ihr Rock noch höher rutschte. Ihre Arme schienen entspannt auf den Stuhllehnen zu liegen, doch ihre Hände umklammerten die Lehnen so stark, dass die Knöchel weiß hervorstachen. Laura Malo entging nicht, dass die Frau es vermied, sie direkt anzusehen. Unruhig wanderten ihre Blicke umher und das nervöse Zucken der Schultern war der Frau wohl nicht bewusst. Stockend und zusammenhanglos brachte sie ihr Anliegen vor.

„Wenn ich Sie richtig verstanden habe", versuchte Laura den Kern des Geschehens zu erfassen, „ist Ihr Mann gestern Abend nicht nach Hause gekommen und ich soll herausfinden, was mit ihm passiert ist. Halten Sie das nicht für verfrüht? Er ist erst seit zwölf Stunden abgängig. Meine Arbeit ist nicht billig. Wollen Sie nicht doch lieber warten und dann die Polizei …?"

„Nein!" Frau Sitler schüttelte energisch den Kopf. „Meinem Mann ist etwas zugestoßen. Wenn Sie ihn kennen würden … er ist außerordentlich korrekt. Er steht morgens immer um die gleiche Zeit auf. Auf die Sekunde genau. Er teilt mir mit, wann er abends nach Hause kommt. Selbst Überstunden kalkuliert er so exakt, dass ich mich auf die Uhrzeit, die er nennt, verlassen kann. Sollte es wirklich einmal später werden und seien es nur fünf Minuten, ruft er mich sofort an. Er denkt …", Frau Sitler lachte laut auf, aber sie war so verspannt, dass es wie ein Rülpsen klang. „Er denkt, ich würde mir Sorgen machen."

Sie ließ das übergeschlagene Bein herabgleiten und saß jetzt in Basic-Instinct-Manier vor Laura, der sich ein Höschen aus roter Spitze offenbarte. Während Laura gefesselt auf diese Aussicht starrte, rückte Frau Sitler plötzlich vor und legte die Unterarme auf Lauras Schreibtisch.

„Bitte, Frau Malo, Sie müssen herausfinden, was mit meinem Mann geschehen ist."

Laura kapitulierte und begann mit den Standardfragen:

„Hatte Ihr Mann Feinde, wurde er bedroht oder erpresst, gab es …?"

„Ja!"

Frau Sitlers ‚Ja' sprang Laura an wie ein ängstliches Äffchen.

„Man hat uns das Hinterteil eines Schweines vor die Tür gelegt. Am Ringelschwanz war ein Zettel befestigt: ‚Du Schwein, genau dahin werden wir dich treten' und ein Pfeil zeigte in die entsprechende Richtung."

„Bei der Herkunft der Schweinehälfte könnte ich anfangen. Ich hoffe, Sie haben den Zettel noch." Laura war nicht sehr optimistisch.

Frau Sitler winkte ab.

„Es war kein echtes Schwein. Aus irgendeinem Kunststoff geformt. Nur das Schwänzchen war echt. Der Zettel ist in die Mülltonne gewandert."

„Und die Schweinehälfte?"

„Auch im Müll. Wir konnten ja nicht wissen, dass es weitergeht."

Laura Malo kaute auf ihrem Bleistift und nickte der Frau aufmunternd zu.

„Es folgte ein Video. Mein Mann, wie er das Haus verlässt, in den Wagen steigt, ins Geschäft geht. Mein Mann im Büro, auf der Toilette. Beängstigend. Eine Szene zeigt, wie er der Auszubildenden an den Hintern fast."

Frau Sitler sah Laura verlegen an und begann mit ihrem Ehering zu spielen. Sie drehte ihn ein paar Mal um den Finger, zog ihn dann nach oben, bis er die dunkelrote Nagelspitze erreichte, und schob ihn wieder zurück. Den Vorgang wiederholte sie in rhythmischen Abständen.

„Sie werden also erpresst?"

Laura Malo beobachtete den auf- und abfahrenden Ehering.

„Eben nicht. Trotzdem bin ich eine Woche durch die Hölle gegangen. Bei jedem Klingeln, ob Haustür oder Telefon, bin ich zusammengeschreckt. Der Briefkasten wurde zum Feind. Ich war nervlich am Ende."

„Sie Arme", sagte Laura begütigend. „Könnte das Verschwinden Ihres Mannes nicht doch mit einer Affäre zu tun haben?"

„Nein niemals!" Der Ehering flutschte über die Nagelspitze hinaus und landete klingend auf dem Boden. Frau Sitler verschwand bis zur Hüfte unter Laura Malos Schreibtisch. Kostümjacke und Bluse rutschten dabei hoch. Wo bei anderen das Arschgeweih saß, bemerkte Laura das Tattoo einer Triskele. Weißer Kreis, roter Hintergrund. Ein rechtsextremistisches Symbol.

„Weg!" Frau Sitler tauchte wieder auf. Ihr Porzellangesicht glühte wie ein Hawaiianischer Sonnenuntergang. „Wenn Sie ihn finden ..."

„Soll ich ihn wirklich finden?" Laura sah spöttisch auf die Frau, deren blonde Haarpracht merkwürdig asymmetrisch wirkte.

„Nur weil er mal gegrapscht hat?", fragte Frau Sitler empört. „Das war ein Reflex. Sie wissen doch, wie Männer sind."

„Ja", sagte Laura Malo ruhig, „ich weiß, wie Männer sind."

Frau Sitlers dunkelrot geschminkter Mund verzog sich zu einem Flunsch.

„Wenn tatsächlich eine Affäre hinter seinem Verschwinden stecken sollte, dann will ich es erst recht wissen. Sein Glück wäre nicht von langer Dauer."

Laura kehrte zur Routine zurück.

„Haben Sie ein Bild ihres Mannes dabei?"

„Nei… nein", stotterte Frau Sitler. „Es gibt kein Bild von ihm."

„Schüchtern, der Gute? Dann beschreiben Sie ihn."

„Er ist ca. 1,65 cm groß. Er trug einen Trenchcoat. Er trägt immer Trenchcoat. Festes Schuhwerk und robuste Kniestrümpfe, wie man sie zu kurzen Wanderhosen trägt."

„Hat er auch ein Gesicht?"

Frau Sitler zögerte.

„Ja. Ein eher rundes Gesicht, wirkt ein bisschen eingefallen. Kurze, glatte, schwarze Haare, seitlich gekämmt. Der Scheitel sitzt rechts. Dunkelbraune Augen und ein Schnurrbart über der Oberlippe, ein kleiner viereckiger."

„Name, Geburtsdatum?"

Laura kaute auf einem Bleistift.

„Adolf Sitler, geboren am 20. April neunzehnhundert…"

Zwischen Lauras knirschenden Zähnen verlor der Bleistift seine Funktion.

Frau Sitlers Porzellangesicht erlitt ein mattierendes Weiß.

„Er hat sein Äußeres erst später angepasst." Die Frau hob hilflos die Schultern. „Mein Mann ist Determinist. Er ist fest davon überzeugt, dass alles vorbestimmt ist. Als er, nachdem er jahrelang als Plakatmaler gearbeitet hatte, Geschäftsstellenleiter wurde, hat er gesagt, jetzt kenne ich meine Bestimmung. Der Name, das Geburtsdatum, ich bin auserwählt ein Führer zu sein."

„Wessen Führer?" Laura starrte fassungslos auf die sehr ernst dreinschauende Frau.

„Führer seines kleinen Volkes der Angestellten der Glückkauf-Filiale."

Sonntagabend

Der herannahende Abend dimmte sein Licht liebespaarfreundlich. Er ließ einige Wolken aufziehen, die den Kurpark in eine zarte Dämmerung hüllten.

Meinolfs Arm ruhte auf Mariannes Schulter. Ihr Arm umschlang seine Taille. Eng aneinandergeschmiegt spazierten sie am Kanal entlang, wo die Uferlampen helle Kreise auf das teerschwarze Wasser tupften.

In der Alfred-Fischer-Halle hatten sie sich bei Mahlers Zweiter Sinfonie kennengelernt. Als das Lied ,Urlicht' gesungen wurde, hatte Meinolf, der den Sitzplatz neben Marianne hatte, Tränen in ihren Augen schimmern sehen und ihr ein Taschentuch gereicht. Zu Mahlers Neunter Sinfonie feierten sie ihr zweijähriges Beisammensein. Nun, eine Woche später, genossen sie den Abend im Kurpark, bevor sie sich dem Zauber von Baiba und Lauma Skride im Kurhaus hingaben.

Kurz vor den Teichen hörten sie ein dumpfes Aufklatschen auf dem Wasser. Dann Stille.

„Vielleicht ist jemand ins Wasser gefallen", sagte Marianne mit angehaltenem Atem. „Lass uns nachsehen."

„Unsinn." Meinolf wollte sich nicht ablenken lassen. „Eine Ente hat eine Bauchlandung auf dem Wasser gemacht."

„Um diese Zeit? Da schlafen Enten."

„Du weißt ja gut Bescheid über den Biorhythmus von Enten. Wie wäre es, wenn du dich für meinen interessierst?" Er zog Marianne näher.

Sie schüttelte ihn ärgerlich ab und zerrte ihn weiter zu dem Teich, von wo sie das Patschen gehört hatten.

„Vielleicht ist ein alkoholisierter Mitbürger vom Weg abgekommen und ins Wasser gefallen."

„Du meinst einen Penner. Na, dem kann Wasser nicht schaden. Der findet schon ans Ufer zurück. Ist doch nur ein Teich", maulte Meinolf genervt.

„Auch solchen muss man helfen."

Marianne machte Brillenaugen und ein Lehrergesicht, was Meinolf nicht im Geringsten beeindruckte. Er wollte sie küssen.

Doch Marianne verriet ihre humanistischen Ideale nicht und zog Meinolf weiter. Sie prallte heftig zurück, als Meinolf plötzlich stehen blieb.

„Da sitzt 'ne Glatze." Er flüsterte und Marianne hatte den Eindruck, dass er sich duckte. Dann schubste er sie hinter einen Baum und versuchte auch, hinter dem dünnen Stamm in Deckung zu gehen.

„Ich ruf die Polizei." Marianne kramte in ihrer Tasche nach dem Handy. „Wahrscheinlich will der Nazi den Pen… äh Szenetreffer ersäufen."

Meinolf verzweifelte. Er nahm Marianne das Handy weg. Sein Flüstern wurde immer leiser:

„Lass uns erst von hier verschwinden. Dann rufen wir die Polizei."

„Gib mir das Handy oder ich schreie!"

Bevor Meinolf dagegen etwas unternehmen konnte, erstarrte er.

„Hör doch", sagte er mit normaler Stimme, „die Glatze weint."

Beide sahen erstaunt, wie die Gestalt, die am Ufer hockte, die Hände vom Gesicht nahm und ein Schluchzen über den Teich schickte. Er holte aus der Bomberjacke einen Flachmann und leerte ihn in einem Zug. In hohem Bogen sauste die Flasche gen Himmel und fiel dann klatschend ins Wasser.

„Siehste", brummelte Meinolf, „der entsorgt seine leeren Flaschen im Teich."

„Umweltsünder!" Marianne rümpfte die Nase, ließ sich jetzt aber dazu bewegen, unauffällig das Versteck zu verlassen und einen Umweg einzuschlagen, um nicht die Aufmerksamkeit des traurigen Glatzkopfes zu erregen.

Sie kamen zu Baiba und Lauma zu spät, störten einige Besucher, als sie sich zu ihren Plätzen drängelten, zerschmolzen in den Klängen von Beethovens Sonate für Klavier und Violine Nr. 3 Es-Dur op. 12 und mit ihnen schmolz die Erinnerung an den Mann am Ufer und daran, dass das erste Klatschen viel schwerer und dumpfer geklungen hatte, als der Plumps der Flasche.

Sonntagnacht

Heavy-Metal-Musik füllte den Fahrerraum. Hermann Burgherr hetzte den Pick-up durch die Straßen. Er trommelte den Rhythmus der Musik auf das Lenkrad und stampfte mit den Füßen den Takt. Dabei erwischte er das Gaspedal. Der Wagen fegte auf ein farbiges Gebilde in Elefantenform zu. Hermann stieg auf die Bremse und knallte gegen einen blauen Schädel.

Fluchend kroch er aus der Fahrerkabine. Er war seitlich in den Elefanten gerast und hatte einen Stoßzahn abgerissen. Hermann schwankte um den Wagen herum auf den Elefanten zu. Die Stirn hatte einen tiefen Riss, hinter dem sich ein Hohlraum auftat. Zutiefst erschüttert sah Hermann auf das, was die aufgeplatzte Stirn des Elefanten freigab.

„Mein Führer", flüsterte Hermann ehrfürchtig. Er warf sich gegen den Elefanten und presste sich mit ausgebreiteten Armen an das Kunstwerk. Jetzt war er Ihm ganz nahe. Er betrachtete andächtig die verehrten Gesichtszüge. Die glatte schwarze Stirnsträhne, die fast bis zu dem Bärtchen herunterhing. Sie haben ihn doch geklont, dachte er. Obwohl er, wie Hermann durch einen Blick in die erloschenen braunen Augen schmerzlich feststellte, nun wieder tot war. Zorn ergriff ihn. Adolf gefangen im Bauche eines Elefanten. Aber, munterte er sich auf, einmal geklont, wieder geklont.

Hermann richtete mühsam seinen lädierten Körper auf. Er knallte die Hacken der Springerstiefel zusammen und reckte den Arm zum Gruß. Aktionen, die besondere Schmerzen auslösten.

„Ich hol dich da raus, mein Führer",

heulte er und humpelte zum Pick-up zurück. Er nahm von der Laderampe eine Hacke, die neben einem Spaten lag. Damit hatte er Nero im Kurpark vergraben wollen.

Er hatte seinen geliebten Deutschen Schäferhund tot im Garten gefunden. Vergiftet. Sein Verdacht fiel sofort auf Oskar, den Gärtner. Ein Perfektionist, der den Maulwürfen den totalen Krieg erklärt hatte. Nero musste ihm ein Gräuel gewesen sein. Nero buddelte. Hermann hätte Nero gerne ein Grab im Garten verpasst. Aber Oskar hätte in dem geometrisch gestalteten Park, der die Villa von Hermanns Eltern umgab, jede stümperhafte Grabetätigkeit sofort erkannt und beseitigt. Rat suchte Hermann bei seinem Nachbarn und Vereinskameraden Bodo.

„Such ein schönes Plätzchen im Kurpark", hatte Bodo gesagt, „und merk dir die Stelle gut, damit wir mit ein paar Blumen seiner gedenken können."

Im Kurpark angekommen, wurde Hermann klar, wie anstrengend das Ausheben einer tiefen Grube war. Er hatte daher den einfachen Weg gewählt und Nero im Teich versenkt.

Unter Schweiß, Blut, und Tränen zwang Hermann seinen angeschlagenen Körper, Adolf aus der Ummantelung zu befreien.

Die Nacht war kaum erleuchtet. Nur ein mickriger Mond hing energielos am Himmel. Die Nacht war taub. Die Nacht war blind. Sie legte ihre dunklen Arme um Hermann und ließ ihn gewähren.

Nur eine Gruppe angeheiterter Kneipengänger sah kurz zu Hermann rüber. Einer rief: „He, Alter, da drüben steht noch einer!" und wies in die Fußgängerzone. Johlend gingen sie weiter.

„Narren, Wahnsinnige, Idioten", schimpfte Hermann und befreite Adolf schließlich aus seiner misslichen Lage. Da die Totenstarre schon eingesetzt hatte, musste der Führer in dem Vierfüßlerstand, der ihm von der Elefantenform aufgezwungen worden war, ausharren. Hermann hievte ihn sich auf den Buckel, dann warf er ihn auf die Ladefläche des Pick-ups und deckte ihn mit der Plane zu, unter der vorher Nero gelegen hatte.

„Bodo wird begeistert sein. Endlich haben wir ihn wieder." Hermann schaffte es, den Wagen, der nur ein paar Dellen abbekommen hatte, in Gang zu setzen und fuhr von metallischem Klappern begleitet davon.

Montagnachmittag

Die Totenstarre hatte sich gelöst. Adolf Sitler hing schlapp um Hermanns Schultern. Hermann war mit seinem Pick-up zum Lieferanteneingang der Steinmann-Villa gefahren und schleppte Sitler nun in den atomsicheren Bunker, den Steinmanns hatten anlegen lassen und den Bodo für Versammlungen seiner Organisation ‚Blutsbrüder' nutzte.

Stolz legte Hermann seinen Fund Bodo zu Füßen, der gerade das Internet politisch bereicherte.

„Braver Hund. Bringst Herrchen deine Beute. Was soll der Scheiß?"

„Erkennst du ihn nicht?"

Bodo beugte sich weiter vor und erstarrte innerlich. Da lag der Mann seiner Geliebten, dem er den Buchrücken von Hitlers „Mein Kampf" ins Genick geschlagen und so empfindlich getroffen hatte, dass es brach. Da lag

10

der Kerl, der ihm gedroht hatte, seine Drogengeschäfte publik zu machen, wenn er seine Frau nicht in Ruhe ließe. Da lag der Tote, den Bodo vom Bunker weggeschafft hatte in die Damentoilette von Glückkauf, weil er hoffte, dass die schikanierten Angestellten verdächtigt werden würden.

„Mmh", machte Bodo und gab sich desinteressiert. „Hat Ähnlichkeit mit dem Führer. Und? Was erwartest du? Dass ich wie Jesus Tote zum Leben erwecke?"

„Nein. Aber Klaus." Hermanns Gesicht glühte vor Begeisterung.

Bodo sah seinen Handlanger verständnislos an.

„Klaus nimmt die DNA von Adolf und ein neuer Führer wird geboren. Obwohl", Hermann klopfte nachdenklich mit dem Zeigefinger gegen seine Lippen, „wir benötigen noch eine entsprechende Eispenderin und Gebärmutter. Eine Eva."

„Hör zu, Blödmann", Bodo bewegte sich an der Grenze zur Nulltoleranz. „Klaus ist Medizinstudent im dritten Semester. Der erschafft keinen Giganten, der die Welt ins Chaos stürzt und aus der Asche ein neues Reich entstehen lässt. Dazu bedarf es schon etwas mehr." Er schlug sich gegen die Brust. „Schaff ihn weg!"

„Aber, aber ...", stotterte Hermann, „ich, ich hab ihn gefunden und will ihn behalten."

Bodo glitt geschmeidig zum Baseballschläger. Er schwang das Schlagholz drohend gegen Hermann.

„Schaff ihn dahin zurück, wo du ihn her hast! Das ist ein Befehl!"

„Jawoll!" Hermann knickte ein. Er bückte sich, hob Adolf Sitler auf und

trug den kleinen Mann wie ein Kind auf den Armen zum Pick-up.

„Wo hast du den Hund begraben?", hörte er Bodo hinter sich. „Ich will ihm ein paar Blümchen aufs Grab legen."

Hermann schluckte.

„Äh ... ich ... also ... es war so dunkel, da hab ich ihn im Teich versenkt. Aber ich habe ihn mit Steinen beschwert, der liegt für immer da unten", setzte er hastig hinzu.

Bodos Augen leuchteten so gefährlich blau wie die Weihnachtslichter in der Fußgängerzone.

„Schaff mir den Köter her oder du leistest ihm in Neptuns Armen Gesellschaft."

Hermann grummelte: „Schaff den einen weg, schaff den anderen her. Und der Wirrkopf will die Welt beherrschen."

„Was murrst du?", schrie Bodo.

„Ich mach, was du willst, mein äh ..."

Hermann packte Sitler auf die Ladefläche unter die Plane, stieg in den Wagen und fuhr los. Den ersten Befehl konnte er unmöglich befolgen. Adolfs Elefantenhaut war zerstört. Er fuhr ein bisschen durch die Gegend, sah einen Hinterhof mit Müllcontainern, nahm die Gelegenheit wahr und entsorgte Sitler. Der zweite Befehl war noch schwieriger auszuführen. Hermann überlegte, wo er einen toten Schäferhund herbekommen konnte. Bodo würde keinen Unterschied bemerken. Überhaupt. Warum bedeutete ihm Nero auf einmal so viel?

Dienstagmorgen

Kreidebleich taumelte Sabine in den Aufenthaltsraum und sah mit entsetzt aufgerissenen Augen auf Gerdi. Die schlürfte den heißen Kaffee im Stehen und schaute dabei nervös auf die Uhr.

„Was is'?", fragte sie bei Sabines Anblick erschrocken.

„Er ist wieder da", flüsterte Sabine.

„Wer?"

„Adolf."

„Wo?"

„Ich wollte den Müll rausbringen und ..." Sie wies auf das Fenster, von dem aus man in den Hinterhof auf die Müllcontainer sah.

Gerdi marschierte voran, Sabine zuckelte hinterher. Dann standen sie vor dem Container. Die Müllsäcke lagen davor. Sabine schob den Deckel zurück, Gerdi stellte sich auf Zehenspitzen, blickte in den Abfall und sah die Bescherung. Adolf Sitler lag in Embryoposition und alle anderen fauligen Gerüche überbietend obenauf.

„Wie ist das möglich?" Gerdi rümpfte die Nase. „Wir hatten ihm ein so schönes neues Gewand verpasst. Eingebettet in einen Sympathieträger und noch bunt angemalt. Welcher Schwachkopf hat den wieder rausgeholt?"

Rasch vergewisserte sie sich, dass sie und Sabine zu dieser frühen Stunde die Einzigen im Glückauf-Bereich waren. Bis auf Groß. Aber von dessen Büro aus sah man auf den Marktplatz und nicht in den Hinterhof.

„Eigentlich", meinte sie, „liegt der hier richtig." Erneut schaute sie auf die Uhr. „Gleich wird der Müll abgeholt. Bring mir einen von diesen großen schwarzen Säcken", befahl sie Sabine, die innerhalb von Sekunden mit dem Gewünschten zurückkam. Sie stiegen in den Container, steckten Sitler in den Sack, banden ihn zu und warfen anschließend die restlichen Müllsäcke darüber.

„Den sind wir los." Gerdi klatschte in die Hände. „Zurück an die Arbeit und lass dir nichts anmerken."

Sabine nickte gehorsam. Beruhigt hörten sie kurze Zeit später das Poltern der Container, die in Müllwagen entleert wurden.

Mittwochmorgen

Laura Malo hockte vor dem untersten Regal, wischte es aus, erhob sich, wuchtete eine Palette Gemüsedosen hoch, ging wieder in die Knie und stapelte die Dosen in das Regal. Dabei linste sie hin und wieder zu Sabine und Gerdi hinüber, die halb verdeckt hinter einem vollgepackten Einkaufswagen standen. Gerdi war Fünfzig plus und trug ihr graues Haar schulterlang und erhobenen Hauptes. Sabine war mindestens zwanzig Jahre jünger, hing an Gerdis Rockzipfel und fragte sie bei allem, was sie tat, ob das so richtig sei. Die beiden flüsterten. Sie flüsterten immer und verstummten sofort, wenn jemand in ihre Nähe kam. Außer Gerdi und Sabine gab es noch eine Halbtagskraft, eine Auszubildende und Matthias Groß, Sitlers Stellvertreter. Jung, glatt, gierig, skrupellos. Kein guter Tausch. Laura zwang sich ihm gegenüber zu einem Permanentgrinsen Marke dämlich.

Sie hatte den Job problemlos bekommen, als sie Matthias Groß anstrahlte, nachdem er ihr einen Stundenlohn genannt hatte, von dem man keinen Wellensittich hätte ernähren können.

Noch am Montag, gleich nach dem Gespräch mit Groß, war sie zur Verstärkung des Glückkauf-Teams angerückt. Die Kolleginnen blieben auf Distanz. Selbst Britney, die Auszubildende, war cool wie die Antarktis. Die Undercover-Aktion würde sich mühsam gestalten.

Am nächsten Morgen hatte Laura sich in aller Herrgottsfrühe vor dem Discounter auf die Lauer gelegt. Sie war neugierig, wer wann eintreffen würde und wer womöglich die Gelegenheit gehabt hatte, Sitler etwas anzutun.

Groß erschien als Erster. Dynamisch. Wichtig. Mit schwarzer Aktentasche unter dem Arm. Gleich darauf folgten Gerdi und Sabine. Einige Zeit später trudelte die graumausige Halbtagskraft ein. Als Letzte hatte Britney ihr Fahrrad in den Hinterhof getrieben. Zerzaust, frischrot und schwer atmend war sie in den Laden geflitzt. Am nächsten Morgen wiederholte sich die Reihenfolge. Gerdi und Sabine wie siamesische Zwillinge. Sie waren lange genug allein mit dem Chef, um egal was für einen Plan auszuführen. Durch ihre Schnüffelei kam Laura schon das zweite Mal zu spät. Die anderen betrachteten sie als gefeuert.

Jetzt, noch in der Hocke, watschelte sie mit Arbeitseifer im Gesicht näher an Gerdi und Sabine heran. Laura war dem Einkaufswagen ganz nahe. Sie sah Gerdis breite Gesundheitssandaletten und Sabines rote Schuhe zwischen den Rädern. Laura horchte angespannt. Zu gern hätte sie erfahren, was gestern früh in den Müll gewandert war. Etwas, das Gerdi gezwungen hatte, mit den Gummihandschuhen und Gummistiefeln der Putzfrau in den Container zu steigen. Gerdis Malborostimme flüsterte: „Hüte dich vor der Neuen. Die wirkt, als wäre sie unterwürfig geboren worden. Das kauf ich der nicht ab."

„Ach Gott, ach Gott", zirpte Sabine, „denkst du, sie ist ein Spitzel vom Groß?"

„Psst", machte Gerdi, stellte sich auf die Zehenspitzen und sah über den Warenberg des Einkaufswagens hinweg. Laura kroch fast ins Regal. Dann, sehr laut:

„Pack du mal den Knorr- und Maggikram drüben ein. Ich mach hier weiter!"

Sabine verstand und huschte einige Gänge weiter.

Matthias Groß saß in einer Besprechung fest. Laura, einen Turm leerer Kartons im Arm, steuerte Richtung Hinterhof. Sie legte die Kartons dort ab, überwand zwei Treppen und stand vor Sitlers Büro. Der nachgemachte Schlüssel passte. Sie schloss die Tür leise hinter sich und begann, Sitlers Schreibtisch zu durchsuchen. Einem unbeschrifteten Briefumschlag entnahm sie eine Einladung zum Treffen der ,Blutsbrüder'. Das Logo des Briefkopfes war identisch mit dem Tattoo auf Frau Sitlers Rücken. Allein die Tagesordnungspunkte hätten eine Hausdurchsuchung gerechtfertigt. Parteivorsitzender war ein Bodo Steinmann. Laura steckte den Brief ein, verließ das Büro, schloss die Tür ab und kam mit einem Palettenwagen voller Gemüsedosen in den Laden zurück.

Mittwochmittag

Kalle beobachtete auf dem Monitor das Laufband, über das der abgeladene

Müll rauschte. Von Tierkadavern über Babyleichen bis zu einzelnen Körperteilen hatten sie schon alles entdeckt. Kalle sah den schwarzen Müllsack, der sich um etwas Körperähnliches schmiegte. Er stoppte das Band.

„Hey, Heinz", funkte er seinen Kollegen in der Halle an. „Guck doch mal, was in dem großen schwarzen Sack ist."

Heinz ritzte den Plastikbeutel auf und grinste.

„Na, wenn das kein Wunder ist."

Donnerstagmorgen

Der „Stern" schrieb: Hitlers Leiche aufgetaucht! Sensationeller Fund im Müll.

Victor Kranski nuckelte seinen Proteindrink durch einen Strohhalm und dehnte seine breiten Schultern. Muskelspiel bis das Hemd knisterte. Die Ärmel waren aufgerollt. Er begutachtete seine kräftigen Unterarme, stellte fest, dass die Sonnenbank fällig war und fixierte dann den Sternartikel, der vor ihm auf dem Schreibtisch lag, wie eine lästige Fliege.

„So ein Quatsch", prustete er in seinen Drink. Kranski hatte Heinz in Verdacht, der wahrscheinlich noch vor der Polizei die Presse informiert hatte und jetzt Hunderteuroscheine zählte.

Sina Wolf, die Rechtsmedizinerin, hatte als Todesursache bei der bislang nicht identifizierten Leiche Genickbruch festgestellt. Was ihr Rätsel aufgab, war, dass es nicht der übliche harte oder schwere Gegenstand gewesen sein konnte, der dem Unbekannten das Genick gebrochen hatte. Vielmehr musste es etwas in Pappe Gewickeltes gewesen sein. Ein Fitzelchen davon klebte mit ein paar Blutstropfen am Hemdkragen. Da nur wenig Blut aus der Wunde ausgetreten war, ließen sich die Buchstaben ‚m p f' noch gut entziffern.

„Er ist höchstwahrscheinlich mit einem Buch erschlagen worden", lautete ihr Fazit.

Kranskis Kommentar war ein wütendes Schnauben gewesen. Literaturbesessene Emanzenzicke. So ein Humbug. Mit einem Buch erschlagen.

Kranski stellte den Drink beiseite, rollte den Stern zusammen und focht damit die Wolf nieder. Frauen gehörten nicht in die Gerichtsmedizin.

Viel interessanter war, dass die KTU Glasfaserkunststoff an der Kleidung des Toten gefunden hatte. Kranski verfiel ins Grübeln. Aber eine brauchbare Idee, wie der Kunststoff an die Kleidung des Toten gekommen war, wollte ihm nicht einfallen. Ein Anruf bewahrte ihn vor weiteren intellektuellen Sackgassen.

„Hauptkommissar Kranski, KK 13.

„Laura Malo. Ich habe soeben den ‚Stern' gelesen. Weißt du, wer der Tote ist?"

„Ach Laura. Nein. Aber zerbrich dir nicht dein reizendes Köpfchen. Wir werden das schnellstens herausfinden."

„Ich weiß es."

Kranski spürte ein Ziehen im Magen und der Proteindrink stieß ihm sauer auf. Er hasste diesen naseweisen Ton. „Ich weiß es, ich weiß es" echote es in seinem Kopf.

„Wer?", fragte er barsch.

„Sag ich dir, wenn du mir sagst, was ihr herausgefunden habt."

Männerberufe sollten für Frauen verboten werden. Kranski würgte an seiner Wut. Dann aber grinste er in die Sprechmuschel:

„Er ist mit einem Buch erschlagen worden, sagt die Wolf. Sie hat sogar Buchstaben gefunden." Er platzte vor Lachen.

„Welche?"

Laura nahm das tatsächlich ernst. Kranski rutschte vor Vergnügen fast vom Stuhl.

„mpf", machte er, riss sich zusammen und verlieh seiner Stimme wieder einen männlichen Ton. „Kannst du damit was anfangen?"

„Was noch?"

„An seiner Kleidung wurde Glasfaserkunststoff gefunden. Was immer das auch ist." Kranski war langsam gereizt. „Jetzt bist du dran!"

„Der Tote ist Adolf Sitler. Geschäftsstellenleiter von Glückkauf am Marktplatz. Wohnhaft Veilchenstraße 45. Ich schicke dir seine Frau vorbei."

„Seine Frau?! Wieso kennst du seine Frau? Erklär mir das mal. Und falls du weitere Erkenntnisse hast, musst du sie an uns weitergeben, klar! Laura!" Kranski sprach mit dem Freizeichen und knallte erbost den Hörer auf die Gabel.

Lauras Handy spielte "Working on a dream". Verliebt in das Lied ließ sie sich Zeit, bis sie einschaltete.

„Laura? Störe ich?" Sina Wolf.

„Du? Niemals!"

„Frau Sitler war hier, um ihren Mann zu identifizieren."

„Okay."

„Sie bat mich, sie einen Moment mit ihrem Mann alleine zu lassen."

„Okay."

„Ich tat ihr natürlich diesen Gefallen."

„Okay."

„Ja nichts ist okay. Nachdem sie weg war, hatte ihr Mann plötzlich blaue Augen. Ich meine blaue Pupillen."

„Kontaktlinsen?"

„Sicher. Ich hatte ihn mir ja noch nicht richtig vorgenommen. Die Zeit reichte nur, um die Todesursache genauer zu untersuchen. Sonst hätte ich längst festgestellt, dass er Kontaktlinsen trägt. Peinlich. Wenn ich das dem Kranski beichten muss."

„Sorge dich nicht, überlass das mir."

„Okay!"

Warum, grübelte Laura, ist die Sitler scharf auf die Kontaktlinsen ihres Mannes?

Donnerstagmittag

Sina Wolf starrte fassungslos auf den Obduktionstisch. Sie hatte in der Kantine zu Mittag gegessen und gerade ihren Arbeitsbereich betreten, als sie die Bescherung sah. Nicht nur Sitlers Kontaktlinsen waren verschwunden, sondern inzwischen der ganze Kerl. Sina Wolf drehte den Schlüssel in ihrer Hand. Wem war es möglich gewesen, hier einzudringen, und wer um Himmels willen hatte ein Interesse an dieser Leiche?

Klaus war Hermann ergeben. Man wünscht sich das, was man nicht hat. So sehnte sich Klaus' Intellekt nach Hermanns Muskeln. Er war tief beeindruckt von Hermanns Kraft und erledigte seinen Auftrag willig. Als Praktikant führte Klaus ein Schattendasein in der Gerichtsmedizin. Unbemerkt hatte er Adolf aus seiner unwürdigen Lage befreit. Den Leichensack geschultert, brachte er ihn dahin, wo man ihm Achtung und Respekt zollen würde.

Frühmorgens war Hermann bleich und zutiefst erschüttert in seinem Miniapartment aufgetaucht.

„Sie haben meinen Adolf aus dem Müll geholt", hatte er empört losgelegt. „Bodo hatte mich gezwungen, ihn dort abzulegen. Aber jetzt hole ich ihn mir wieder."

„Welcher Adolf?" Klaus gähnte herzhaft. Er hatte Nachtdienst gehabt.

„Hitlers Klon."

„Wer ist Hitler?"

Hermann hatte Klaus tieftraurig angesehen. Der war für jede Propaganda verloren. Trotzdem nützlich.

„Wenn alles mit rechten Dingen zugeht, müsste er in der Gerichtsmedizin landen. Hol ihn da raus!"

Klaus bekam glänzende Augen, als er Hermanns Mr.-Universum-Muskeln unter dem knappen T-Shirt bewunderte.

„Klar. Mach ich. Wie sieht er denn aus?"

„Wie Hitler!"

„Wer ist …ach vergiss es. Hast du ein Foto?"

Hermann hatte seine Brieftasche geöffnet und Hitlers Foto herausgezogen.

„Mann, hast du 'n beschissenen Geschmack."

In Hermanns Augen blitzte es bedrohlich.

„Reg dich nicht auf. Ich bringe ihn dir. Wohin?"

„Nach Hause", schluchzte Hermann. „Bring ihn heim, in mein Reich."

Klaus hätte ihm gern einen Vogel gezeigt. Aber er war kein Widerständler. So hatte er Hermanns Wunsch erfüllt und Adolf Sitler in das dunkle Verließ der Burgherr-Villa verfrachtet.

Donnerstagsabend

Es war Hermann nicht leicht gefallen. Aber ein Leben im Tierheim ist kein Leben. Den alten Hund wollte sowieso niemand mehr. Jetzt hatte der Schäferhundmischling, nach kurzem Todeskampf, ein schönes Grab im Kurpark. Bodo hatte er erzählt, dass es unklug gewesen wäre, den vom Wasser aufgeweichten und mit Schlamm verschmierten Hund in die Steinmann-Villa zu bringen. Er habe ihn nun, wie Bodo es gewünscht hatte, in der Erde bestattet.

„Volltrottel", war Bodos Kommentar gewesen.

Trotzdem war er weiterhin davon besessen, ein paar Blümchen aufs Grab zu legen. In der Nacht war es soweit. Hermann wunderte sich nur, warum Bodo zwei Schaufeln mitnahm.

Die Hände über dem Bauch gefaltet, blickte Hermann betrübt auf das kleine Quadrat Erde mit den lose darauf liegenden Grasbüscheln. Bodo warf den Blumenstrauß weg, schnappte sich eine Schaufel und hielt Hermann die zweite hin.

„Grab!"

„Ausgraben?"

„Ja!"

„Aber ich hab ihn doch gerade erst … ich meine, vor ein paar Tagen eingebuddelt", protestierte Hermann.

„Tu, was ich sage!"

Hermann gehorchte. Im Schein der Taschenlampe schaufelten sie wortlos. Dann zerrte Bodo den Hund hervor.

„Seit wann hat Nero Schlappohren?"

„Tod verändert." Hermann zuckte die Schultern. Dann geschah etwas, was Hermann das Blut in den Adern gefrieren ließ. Er war nie zimperlich gewesen. Mit seinen Fäusten hatte er des Öfteren das Geschäft von Zahnärzten und Chirurgen belebt. Doch was er jetzt sah, stülpte ihm den Magen um. Bodo schlitzte den Hund von oben bis unten auf. Innereien quollen heraus. Bodo wühlte in dem offen gelegten Hundekörper. Dann richtete er sich mit blutbeschmierten Händen auf. In der rechten hielt er das Messer.

„Verräter. Wo ist Nero?"

„Im Teich, im Teich", jammerte Hermann. Im nächsten Moment nahm er eine schattenhafte Bewegung wahr, die seinem Hirn ‚flieh' befahl. Fast gleichzeitig spürte er einen scharfen Schmerz, der sich von einem Ohr zum anderen zog. Seine Hand griff automatisch zum Hals. Pulsierendes Blut rann durch seine Finger. Er kippte nach vorn. Das Letzte, was er sah, war der offene Bauch des Hundes, der auf sein Gesicht zustürzte. Dann wurde es finster.

Bodo erweiterte das Grab und nun ruhte Hermann, den namenlosen Schäferhund im Arm, zwei Meter tief unter der Erde.

Donnerstagnacht

Die Nacht war blankgeputzt. Die Sterne funkelten frisch poliert. Der Mond rundete sich und glänzte über dem Kurpark. Meinolf und Marianne hatten im Kurhaus den Erläuterungen zu Wagners Oper ‚Tristan und Isolde' gelauscht, waren abgetaucht in eine unglückliche Liebe und genossen anschließend ein ‚sommerliches Menü auf der Terrasse' und ihre eigene erfüllte Zweisamkeit. Danach spazierten sie, die Hände ineinander verschränkt, durch den Park. Sie gingen ihren gewohnten Weg, ihren Liebesweg, wie sie ihn nannten. Marianne hatte ihren Kopf gegen Meinolfs Schulter gelehnt. Im gedämpften Scheinwerferlicht des Mondes schritten sie so langsam dahin, als überquerten sie eine Theaterbühne. Am Teich angelangt blieb Meinolf wie festgewurzelt stehen.

„Der schwarze Mann!"

Marianne rümpfte ihr süßes Näschen: „Politisch korrekt heißt es ‚Afrikaner', meinetwegen auch ‚Schwarzafrikaner'. Aber bitte nicht diese Kinderschreckbezeichnung. Es ist überaus verantwortungslos ...."

„Halt die Klappe", zischelte Meinolf durch zusammengepresste Lippen.

Mariannes Augen füllten sich mit Tränen. Sie schnäuzte dezent in ein Taschentuch, das von einer zarten Spitze eingerahmt war.

„Ein Monster."

„Schäm dich", sagte Marianne verschnupft. „Unsere Asylbewerber bedürfen unseres Schutzes. Sie sind keine Monster. Auch wenn sich hartnäckig das Vorurteil hält, alle Neger, ähm, ähm Schwarzafrikaner seien Drogendealer."

„Der holt was aus dem Teich raus."

„Auch du, Meinolf." Mariannes waidwunder Blick umfing Meinolf, dessen Gesichtszüge hart wirkten vor ängstlicher Anspannung. „Selbst wenn es ein Drogenversteck sein sollte, ist nicht der Asylbewerber Schuld, sondern unsere Gesellschaft, die ihn ins Abseits drängt, ihm keine Arbeitserlaubnis gibt. Man muss verstehen ..."

„Halt endlich die Klappe!"

Marianne stampfte mit dem Fuß auf: „Ich verlasse dich, du Unmensch!"

„Ihr da drüben", tönte es grob über den Teich. „Was glotzt ihr? Schon mal was von den drei Affen gehört? Macht es ihnen nach und haut ab. Sonst ..."

Marianne prustete empört:

„Lebt von unseren Steuergeldern und droht uns. Den sollte man dahin zurückbefördern, wo er hergekommen ist." Dann wandte sie sich von Meinolf ab, um sich den undankbaren Schutzbedürftigen genauer anzusehen. Entsetzt nahm sie die unförmige schwarze Gestalt wahr, deren Haare so arisch blond leuchteten, dass es ihr die Sprache verschlug.

Meinolf erkannte eine hochgereckte Faust, die ein Messer umspannte, das sie auf und ab stieß. Das Wasser im Teich gurgelte. Norman Bates zog den Duschvorhang beiseite.

„Lauf!", befahl Meinolf, ergriff Mariannes Arm und sprintete los.

Freitagmorgen

Laura Malo saß auf einem Stuhl im Aufenthaltsraum. Sie hatte sich einen zweiten dazugezogen, auf den sie ihre Füße gelegte hatte, und wartete. Als Gerdi und Sabine den Raum betraten, sahen sie verblüfft auf die Neue, die es wagte, lässig abzuhängen und einen Zigarillo rauchte. Rauchen war streng verboten.

„Na, meine Damen", begrüßte Laura die beiden, „was haben Sie am Dienstagmorgen im Müllcontainer gesucht?"

„Sabines teure Uhr", sagte Gerdi gefasst. „Ist beim Müllabladen mit reingerutscht."

„Anfangs habe ich mich gewundert, aber noch nichts Verdächtiges darin gesehen. Bis ich den „Stern" las. Die Leiche ihres Bosses ist aufgetaucht."

„Oh, schon wieder." Sabine fiel zusammen wie eine Gummipuppe, aus der man die Luft rauslässt.

„Was geht dich dass an!", schnauzte Gerdi.

Laura paffte duftende Wölkchen von ihrer Davidoff, griff in die Aktentasche und zog ihren Ausweis hervor.

„Laura Malo, Privatdetektivin. Frau Sitler hat ihren Mann vermisst und mich beauftragt, ihn zu finden. Er liegt jetzt in der Gerichtsmedizin. Sie hat ihn identifiziert."

„Unfall, oder?", fragte Gerdi.

„Er wurde ermordet. Das wissen Sie doch."

Gerdi und Sabine wurden zeitgleich blass.

„Es gab vor einigen Tagen eine kurze Notiz in der Presse. Nicht weit von hier entfernt wurde eines der beliebten Hamm-Maskottchen, ein Elefant, umgefahren. Fahrer flüchtig. Man hat Reste von Glasfaserkunststoff an Sitler gefunden. Sie haben eine gute Freundin, Alexandra Sperling, oder sollte ich Leidensgenossin sagen, die Figuren aus solchem Kunststoff herstellt und hier in den Semesterferien gearbeitet hat. Ich habe die Personalakten gecheckt."

Sabines Nerven kündigten.

„Ja, ja", schluchzte sie. „Sie hat uns geholfen die Leiche zu verstecken. Aber wir haben ihn nicht umgebracht. Er lag tot in der Damentoilette."

„Warum keine Polizei?"

„Weil", sagte Gerdi beherrscht, „wir es dem Sitler heimzahlen wollten. Das haben wir dummerweise auf einer feuchtfröhlichen Betriebsfeier auch verkündet. Allerdings dachten wir dabei an Psychoterror und nicht an Mord. Die Schweinehälfte war Alexandras Idee.

Wir haben das Video gemacht und hätten uns noch einiges einfallen lassen. Der Dreckskerl. Mich hat er angezeigt. Ich hätte in die Kasse gegriffen. Das sah man auf dem Überwachungsband. Natürlich habe ich in die Kasse gegriffen. Das ist mein Job. Ich zähle abends das Geld. Er wird schon einen Weg gefunden haben, die fünfhundert Euro, die fehlten, verschwinden zu lassen. Ich habe meinen zweiten Job in der Reinigungsfirma verloren. Ich war ja nicht mehr vertrauenswürdig. Mein Mann ist arbeitslos. Wir brauchen jeden Cent. Als ich tief genug unten war, hat der Sitler die Anzeige zurückgezogen."

„Sie glauben, er hat Sie ganz bewusst fertiggemacht? Warum?"

„Macht. Ich bin jetzt noch abhängiger von der Arbeit hier."

Laura sah zu Sabine rüber, die ihr Gesicht in ein Taschentuch presste.

„Als Lesbe hat er mich hingestellt", klang es dumpf unter dem Tuch hervor. „Wie ein Lauffeuer ging es herum. Wissen Sie, was meine Eltern durchgemacht haben? Scheinheiliges Gesäusel: ‚Ach Ihre Tochter wohnt noch bei Ihnen? Hat wohl den Richtigen noch nicht gefunden. Will sie denn keine Kinder? Die biologische Uhr tickt bei ihr schon ziemlich laut.' Kurz davor hatte ich einen Mann kennengelernt, der mir wirklich gefiel. Aus und vorbei. Das hatte der Sitler beabsichtigt. Er weiß über uns Bescheid. Lässt uns bis ins Privatleben bespitzeln."

„Alexandra ist gekündigt worden", stellte Laura fest.

„Sie hat den Sitler wegen sexueller Belästigung angezeigt. Wir hätten das bezeugen können. Aber", Gerdi hob hilflos die Schultern, „wir brauchen den Job. Alexandra ist Studentin. Ihre Zukunft

hängt nicht an diesem Laden. Sie hat es uns nicht verübelt. Im Gegenteil, sie hat uns ihre Unterstützung angeboten."

„An unseren Azubi, die Britney, machte er sich ja auch schon ran. Die war ganz verzweifelt. Bekommen Sie heute mal einen Ausbildungsplatz."

„Trotzdem. Mord ist Mord."

„Aber wir haben ihn nicht …"

„Ich glaube euch, Mädels." Laura drückte den Zigarillo aus. „Ob der Kommissar euch auch glaubt? Er wird dieselbe Spur verfolgen wie ich. Wir müssen schnellstens den richtigen Mörder finden."

„Kennt ihr Sitlers Frau?", fragte Laura nach einer Denkpause.

„Neee." Sabine schüttelte sich. „Die darf keiner zu Gesicht bekommen. Ist sein wertvollster Besitz."

„Vermutlich", sinnierte Gerdi, „schließt er sie im Tresor ein, wenn er das Haus verlässt."

Laura grinste.

„Eine Gefangene ist sie bestimmt. Möchte wetten, sie hat kein Auto", sagte Gerdi. „Der Sitler hat mal gesagt, Frauen sollte man das Autofahren verbieten. Wenn sich eine Frau ans Steuer setzt, müsste sich gleich die Wegfahrsperre einschalten."

„Warum wollte sie ihn dann unbedingt finden?" Laura sah grübelnd zur Decke.

„Obwohl", Sabine schob ihr zerknülltes Taschentuch in die Hosentasche, „vor einem Juweliergeschäft habe ich ihn mal mit einer Frau gesehen."

„Wie sah sie aus?" Laura war hellwach.

„Kurze schwarze Haare …"

„Etwa 1 Meter 75 groß?", fragte Laura ungeduldig.

„Genau. Sie war mindestens einen Kopf größer als Sitler."

„Busenwunder?" Laura hielt den Atem an.

„Wie? Nein. Sehr schlank, knabenhaft."

Laura schlug triumphierend mit der Faust auf den Tisch. „Ich wusste es! War sie auffällig geschminkt?"

„Hatte die nicht nötig. Sie war so hübsch." Sabine seufzte. „Sie hat mich angelächelt. Ganz langsam bin ich an den beiden vorbeigegangen und habe den Sitler laut gegrüßt. Herrje, war der verlegen und wütend zugleich. Am nächsten Tag hat er mich gleich ein bisschen mehr schikaniert."

„War das möglicherweise seine Geliebte?", fragte Laura.

„Geliebte!" Gerdi schrie fast auf. „Dieser Geizhals. Zu teuer ..."

„... und zu anstrengend", vervollständigte Sabine den Satz. „Er war ein Ordnungsfanatiker. Der hätte keine Turbulenzen verkraftet."

Laura sprang vom Stuhl auf.

„Time to go, Mädels. Ich muss mir eine seltsame Lady mal genauer anschauen."

Mit diesen Worten verließ Laura Malo den Raum und zwei irritierte Glückkauf-Angestellte.

An diesem Freitagvormittag stand Laura der Idee des Klonens zum ersten Mal positiv gegenüber. Sie wäre gerne vor Sitlers Haus und zur gleichen Zeit vor der Steinmann-Villa gewesen, um Frau Sitler und Bodo Steinmann zu observieren. Victor Kranski empfand sie zwar nicht als angemessene Alternative, aber er war die einzige. Sie informierte ihn und riet ihm, Bodo zu überwachen.

„Wieso?"

„Ist so'n Bauchgefühl. Hast du dir einen Pitbull angeschafft?"

„Wieso?"

„Ich habe doch ein Knurren gehört."

Victor Kranski unterdrückte einen weiteren Knurrlaut. Frauen und Bauchgefühl. Er strengte sich an, sachlich zu bleiben.

„Bei den Steinmanns wurde letzte Woche eine Hausdurchsuchung vorgenommen. Die von der Drogenfahndung hatten den Junior im Visier. Haben aber nichts gefunden. Drogenfahnder Kranich, guter Freund von mir, vermutete, dass der junge Steinmann einen Tipp bekommen hat."

„Der Steinmann-Sohn ist Vorsitzender einer rechtsradikalen Organisation. Sitler war Mitglied. Vielleicht ist er denen quergekommen und sie haben ein Exempel an ihm statuiert."

„Die Hausdurchsuchung hat in dieser Richtung nichts ergeben", muffelte Kranski.

„Dann bring da mal Klarheit rein."

Dieser Aufforderung konnte Kranski nicht widerstehen. Für logisches Denken war er zuständig. Höchstpersönlich übernahmen er und sein Porsche die Überwachung der Steinmann-Villa.

Freitagvormittag

Siegfried und Brunhilde Burgherr waren beruflich fast das ganze Jahr auf Tour. Als sie nun zu Hause einen Zwischenstopp einlegten, stellten sie fest, dass ihr Sohn Hermann fehlte. Normalerweise erschütterte laute Musik die Grundfesten des Hauses. Manchmal blockierten Autos die Einfahrt und hin und wieder empfingen sie auch Polizisten, die ein erboster Nachbar alarmiert hatte.

Als Hermanns Mutter das erste Mal auf die Meute in ihrem Haus stieß, hatte sie verwundert auf die Mädchen gesehen und ausgerufen:

„Herrje, Mädels, sind eure Eltern so arm, dass ihr diese scheußlichen Armeeklamotten aus dem Bestand der Bundeswehr tragen müsst?" Daraufhin hatte sie einen Scheck ausgestellt und ihn den armen Mädchen gegeben. Das verlängerte die Party um einige Tage. Später schüttelte Brunhilde Burgherr zwar immer noch den Kopf über die unweibliche Kleidung, stellte aber keinen Scheck mehr aus.

Hermanns Vater ging jedes Mal schnurstracks auf die Musikanlage zu, zog den Stecker und hob beide Arme stramm in Kopfhöhe, die Hände flach ausgestreckt. Es sollte eine Geste der Sammlung sein, sah aber aus wie ein doppelter Hitlergruß. Die Bande grölte: „Heil, Siegfried!" und prostete ihm zu.

„Ruhe, Burschen!", kommandierte Hermanns Vater und stemmte die Hände seitlich in die Hüften. „Benehmt euch anständig. Zeigt Disziplin. Geht nach Hause."

Ohne zu meutern gehorchten alle, da sie wussten, dass sie spätestens am nächsten Abend weiterfeiern konnten.

Hermanns Eltern blieben nie lange. Sie duschten, packten saubere Kleidung und Wäsche in die Koffer, schliefen einige Stunden, und dann stand auch schon das Taxi vor der Tür.

Diesmal dröhnte keine Musik. Das Taxi konnte die ein Kilometer lange Auffahrt ungehindert befahren. Weit und breit war kein Auto zu sehen, nur Hermanns, das kalt in der Garage stand. Das Haus war menschenleer. Vom Zwinger her drang kein Hundegebell.

„Mmh", machte Siegfried. „Hermännchen mit dem Hund unterwegs."

„Nein", sagte Brunhilde, „Nietenhalsband und Leine sind hier."

„Vielleicht bei Freunden?"

Burgherr kannten nur einen Freund, den Nachbarn Bodo Steinmann. Sie telefonierten. Bodos Mutter war am Telefon.

„Nein, Ihr Hermann ist nicht hier und Bodo ist auch unterwegs. Seit gestern habe ich ihn nicht mehr gesehen. Aber er ist ja alt genug. Ich", sagte sie im spitzen Ton, „spioniere meinem Jungen nicht hinterher."

„Sie hat recht", sagte Siegfried, als er den Hörer auflegte. „Der Junge ist alt genug."

„Fragen wir Oskar", schlug Brunhilde vor.

Siegfried sah sie von oben herab an.

„Das Personal ziehen wir nicht in unsere Familienangelegenheiten."

Hermanns Mutter jedoch störte es, dass ihr Sohn und Bodo, dessen aalglatter Charme sie anwiderte, die ganze Nacht ausgegangen waren und ihr Sohn jetzt nicht verkatert im Bett lag. „Eigentlich", sagte sie zu ihrem Mann, „ist Hermann sehr häuslich. Er treibt sich nicht tagelang herum."

Da die Geschäfte jedoch lauter riefen, als Hermann jemals die Musik hätte aufdrehen können, blieben Siegfried und Brunhilde Burgherr nur wenige Stunden Aufenthalt. Immerhin überredete Brunhilde ihren Mann, eine Vermisstenanzeige aufzugeben. Sie packten die Koffer mit frischer Wäsche, nahmen mit einem Drink in der Hand eine kleine Auszeit und hielten, auf dem Weg zum Flughafen, kurz bei einer Polizeiwache. Dort gaben sie die Anzeige auf, sagten „Time is money" zu dem protokollierenden Beamten, hinterließen eine Handynummer und stiegen ins nächste Flugzeug.

Oskar, Gärtner der Burgherrs, berichtete dem ermittelnden Beamten, dass er den Hermann das letzte Mal Donnerstagabend gesehen hatte. Er war mit Bodo Steinmann in dessen Auto weggefahren. Oskar wackelte bedenklich mit dem Kopf und murmelte etwas von: „Komisch, komisch, der junge Steinmann hat zwei Schaufeln in seinen Sportwagen gepackt."

„Und Sie laufen spätabends draußen rum, um nachzusehen, was Bodo Steinmann in seinem Wagen durch die Gegend fährt?" Der Beamte grinste frech.

Oskar meinte grimmig:

„Ach was, junger Mann. Maulwurfshügel. Zig Maulwurfshügel. Ich habe mich dazwischen gelegt um bereit zu sein, wenn der Feind den Kopf rausstreckt. Dann", er hob den Spaten hoch, den er wie eine Waffe mit sich führte, „hätte ich ihm damit eins verpasst." Die Spatenkante schlug in die Erde und spaltete sie.

„Beruhigen Sie sich!" Der Polizist wich erschrocken zurück und machte, dass er davon kam.

Freitagnachmittag

Laura duckte sich hinter das Armaturenbrett ihres Austin Minis. Aus Sitlers Haus kam eine dunkelhaarige, hyperschlanke Frau, die zwei Trollis hinter sich herzog. Das Taxi wartete schon. Der Fahrer stieg aus und verstaute die Trollis. Dass die Frau Sitlers Ehefrau ohne Hollywooddiva-Maske war, davon war

Laura nach ihrem Gespräch mit den Glückkauf-Mädels überzeugt. Frau Sitler verschwand nochmals im Haus und kehrte mit einem großen Koffer und riesiger Umhängetasche zurück. Der Fahrer half, die Sachen ins Taxi zu verfrachten, dann stieg Frau Sitler ein.

Urlaub? Laura zweifelte. Die Rollos an den Fenstern waren heruntergelassen. An einem weißen Galgen neben dem Haus hing unübersehbar ein Schild ‚Zu verkaufen'. Darunter der Name eines Maklers und die Telefonnummer.

Sie ist wohl eher auf der Flucht, dachte Laura. Vermutlich hat sie ihren Mann umgebracht. Laura verstand diese Tat nur zu gut und sie musste sich überwinden, den Wagen zu starten und Frau Sitler zu folgen. Gleich Kranski informieren, überlegte Laura, oder … nein. Ich spreche besser erst einmal mit der Frau. Ihr Aufbruch ist noch kein Beweis.

Vor dem Bahnhof hielt das Taxi. Zur ihrer Erleichterung fand Laura gleich einen Parkplatz neben der Post. Sie schlenderte am Kulturbahnhof vorbei, guckte, als interessierten sie die Plakate, und ließ dabei Frau Sitler nicht aus den Augen, die in der Zwischenzeit einen Gepäckwagen organisiert hatte. Der Taxifahrer half ihr, die Gepäckstücke aufzuladen. Laura sah, wie sich sein Gesicht aufhellte, als Frau Sitler ihn bezahlte. Muss ein großzügiges Trinkgeld gewesen sein, dachte Laura. Wahrscheinlich ihr letztes an einen Hammer Taxifahrer. Sie spürte, wie sich ihre Muskeln anspannten. Die Raubkatze vor dem Sprung auf die ahnungslose Beute.

Frau Sitler nahm den Haupteingang. Laura spurtete durch den Nebeneingang. Frau Sitler war nicht mehr zu sehen.

„Damned!"

Soeben war ein Zug eingefahren und Laura fuhr ohne Skier Slalom durch ein Gewimmel von Menschen, die zum Ausgang oder nächsten Bahnsteig hasteten. Nirgendwo Frau Sitler. Obwohl Laura sich auf Zehenspitzen stellte und streckte, um über die Köpfe der Menschen hinwegsehen zu können, entdeckte sie die Verfolgte nicht.

Pfiffe, anfahrende Züge. Panik. Sollte sie auf jeden Bahnsteig laufen um zu sehen, ob Frau Sitler noch nicht abgefahren war? Hoher Aufwand, geringe Aussicht auf Erfolg. Wenn ich das versaut habe ... ein gruseliges Szenario tat sich vor ihrem inneren Auge auf: Kranski nahm „die Kleine" in seine starken Arme. Sie lehnte sich an seine männliche Schulter. Er tröstete sie und sagte, dass er die Sache in Ordnung bringen werde. Laura wischte sich den Schweiß von der Stirn. Sie musste es wenigstens versuchen. Gleis Eins. Sie sprintete die Treppe hoch, trabte den Bahnsteig entlang, blickte sich dabei hektisch um und wäre fast mit Frau Sitler zusammengeprallt.

„Wohin geht die Reise", keuchte Laura und kämpfte um eine souveräne Haltung. Frau Sitler drehte sich von der Abfahrttafel weg und blickte Laura erstaunt an. „Sie?"

„Sie haben mir einiges zu erklären." Laura wurde wütend, was ihr sehr gut tat. „Oder wollen Sie lieber mit Kommissar Kranski sprechen? Also, wohin geht's?"

„Auf eine abgelegene Insel." Frau Sitler lächelte spöttisch.

„Südsee?"

„Nordsee!"

„Klingt nicht nach Flucht."

„Flucht?"

Laura sah in zwei veilchenblaue Unschuldsaugen. „Haben Sie Ihren Mann ermordet?"

Frau Sitler lachte laut auf. „In Gedanken hundert Mal. Tatsächlich aber war es Bodo Steinmann, der mir diesen Gefallen getan hat."

„Haben Sie Beweise? Dann sollten Sie zur Polizei gehen. Und ich will wissen, wozu Sie mich engagiert haben."

Türen schlugen. Ein Pfiff hallte. Der Zug fuhr an.

„Jetzt ist er weg." Frau Sitler seufzte ergeben. Laura deutete nach unten.

„Setzten wir uns in ein Café."

Mit dem Fahrstuhl fuhren sie in die Bahnhofshalle und Frau Sitler schob den mit Taschen und Koffern beladenen Gepäckwagen Richtung Café. Sie bestellte ein Bier, Laura hielt Wasser für ratsam. Sie war im Dienst.

„Per Post habe ich Ihnen eine schriftliche Aussage zugeschickt", begann Frau Sitler. „Dazu die Bänder mit den aufgezeichneten Telefongesprächen von Bodo Steinmann. Freitagnacht, letzte Woche, rief er mich an und teilte mir mit, er hätte meinen Mann erschlagen." Sie lächelte mit blassen Lippen. „Er war so stolz. Sagte, wir wären jetzt frei. Gemeinsam würden wir die Welt erobern. Ein Satz, der aus seinem Mund eine schwere Bedrohung darstellt."

„Er hat Sie auserwählt?" Laura zog die Stirn kraus.

„Bodo Steinmann", Frau Sitler blickte mit Schaum vorm Mund auf das Gewimmel in der Bahnhofshalle, „war mein Geliebter."

„Sie haben da was." Laura zeigte auf die Lippen. Frau Sitler wischte mit dem Handrücken Bierschaum weg und trank das Glas in einem Zug leer.

„Sie sind doch keine Nazibraut."

„Bodo zum Liebhaber zu nehmen, war pure Rache und meine Chance. Ein Monster können Sie nur durch ein Monster bekämpfen. Ich habe mir keine große Mühe gegeben, diese Affäre vor meinem Mann zu verheimlichen."

„Warum haben Sie ihn nicht einfach verlassen?" Laura sah Frau Sitler mit hochgezogenen Augenbrauen an. Die Frau schien ihr nicht gerade ein verängstigtes Mäuschen zu sein.

„Ich habe den Zeitpunkt verpasst. Als ich meinen Mann kennenlernte, wirkte er so harmlos und kindlich. Sie müssen wissen, dass ich ein Faible für kleine Männer habe", sie lächelte verschmitzt. „Konnte ich ahnen, dass einige biografische Details meinen Mann zum Diktator mutieren ließen. Er zwang mich in Bodos Organisation. Er zwang mich, eine blonde Perücke zu tragen. Er missbrauchte mein Vertrauen und riss mein elterliches Erbe an sich. Ich war mittellos, sein Eigentum. Hinzu kam, dass man eine Organisation wie die Bodo Steinmanns nicht ungestraft verlässt." Sie seufzte nochmals tief auf, drehte das Glas in den Händen, das frisch gefüllt war, bis der Hopfentrunk überschwappte. „Also", schloss sie, „brauchte ich einen Plan. Und es hat funktioniert."

„Wozu brauchten Sie mich?", fragte Laura, gekränkt darüber, dass sie manipuliert worden war.

Frau Sitler legte ihre Hand begütigend auf Lauras Arm:

„Ich bin fast verrückt geworden. Ihn war ich los. Leider auch den Code, um an das Kapital, mein Kapital, zu kommen. Ich habe das ganze Haus auf den Kopf gestellt. Dann ahnte ich, wo der

Zugangscode sein könnte. Zudem hatte mir Bodo befohlen, ihn als vermisst zu melden. Finden Sie alles auf Kassette."

„Die Kontaktlinsen!" Laura schlug sich vor die Stirn.

„Richtig!" Frau Sitler sah Laura bewundernd an. „Je mehr Dolfi zu Adolf wurde, desto mehr schämte er sich seiner hellen Augen. Daher braune Kontaktlinsen. Zusätzlich nutzte er sie als Versteck für die Geheimzahl. Sie war auf die Ränder gedruckt."

„Ich werde die Beweise an die Polizei weiterleiten. Bodo Steinmann kann Ihnen nicht mehr gefährlich werden. Wahrscheinlich wird man weitere Beweise finden, dass er Ihren Mann getötet hat. Ich wünsche Ihnen einen erholsamen Urlaub."

„Ich komme nicht zurück", sagte Frau Sitler, „ich habe meine Insel gefunden."

Victor Kranski jagte den Porsche auf 300 Sachen hoch. Er sah das verzweifelte Gesicht der jungen Blondine hinter der Heckscheibe des Wagens vor ihm. Ihre brutalen Entführer hatten sie gefesselt und sie, nur mit einem durchsichtigen Hemdchen bekleidet, auf den schmalen Rücksitz des Mitsubishis 300 GT geworfen. Keine Chance gegen Kranskis Porsche. Er zog auf gleiche Höhe mit den Gangstern. Er hörte Blondi's Hilfeschreie und sah nun den Hoffnungsschimmer in ihren großen dunklen Augen. Es rappelte in seiner Hose „Hamm sweet Hamm". Kranski schreckte hoch. Das Handy vibrierte. Er zog es aus der Hosentasche.

„Kranski!", schnauzte er.

„Polizeiobermeister Feldmann von der Wache Hohe Straße. Gestern Nacht kam ein junges Paar zu uns. Der Mann berichtete, sie seien im Kurpark spazieren gegangen. Am Teich habe sich eine merkwürdige Gestalt aufgehalten, die etwas aus dem Wasser gezogen hätte. Vielleicht eine Leiche. Seine Freundin war ziemlich hysterisch. Unterbrach ihn ständig. Brabbelte etwas von einem blonden Neger der sein Drogenversteck aushebt und von Asylmissbrauch. Ein schwarzes Schaf würde die weißen Schwarzen in ein falsches Licht rücken. Der Polizeiarzt hat sie ruhiggestellt und ins Marien-Hospital überwiesen. Knappenstraße." Feldmanns Lachen blieb in seiner Kehle stecken und klang wie das Gurren einer Taube.

„Tolle Geschichte." Kranski trauerte seinem Traum nach.

„Die Pointe kommt noch." Feldmann machte es spannend. „Die Kollegen Lehmann und Schuster sind sofort los. Fast hätten sie einen metallicbraunen Sportwagen gerammt, der vor ihrer Nase vom Parkplatz des Kurhauses raste. Sie forderten Verstärkung an. Verfolgten den Wagen bis zu Autobahnauffahrt."

Schweigen.

„Er ist entwischt?"

Am anderen Ende der Leitung holte Feldmann tief Luft.

„Wie man's nimmt."

„Wie man was nimmt?" Kranskis seelischer Drehzahlmesser schlug in den roten Bereich.

„Alles eine Frage der Perspektive."

„Falls Sie auf eine Erwerbsunfähigkeitsrente spekulieren, dann philosophieren Sie ruhig weiter!" Kranski würgte das Handy.

„Als der verfolgte Wagen in die Autobahnauffahrt preschte", Feldmann entschloss sich, die Katze aus dem Sack zu lassen, „überschlug er sich mehrmals."

Schweigen.

„Sagen Sie mir auch noch, ob der Fahrer überlebt hat", brüllte Kranski, „oder darf das nur Ihr Tagebuch wissen?"

„Der Fahrer ist tot. Raten Sie, wer es war."

„Spar dir den Jauch!"

„Bodo Steinmann, den Sie, nach unseren Informationen, gerade observieren. Im Kofferraum befanden sich ein nasser Taucheranzug und ein toter Hund, der mit Kokaintütchen vollgestopft war." Feldmann gurrte.

Kranski fluchte. Das Gespräch war beendet, doch Weiterträumen war ihm nicht vergönnt. Das Handy dudelte erneut „Hamm sweet Hamm".

„Noch 'n Witz auf Lager, Herr Polizeiobermeister? Ach du, Laura."

„Besorg dir einen Durchsuchungsbefehl für die Steinmann-Villa. Am besten erst nach der Durchsuchung. Es eilt."

„Keineswegs. Bodo Steinmann ist tot. Er hat mit Drogen gedealt."

„Und Sitler getötet. Durchsucht die Villa. Achtet besonders auf beschädigte Buchrücken."

„Sagt dir das dein Bauchgefühl?", spöttelte Kranski.

„Nein. Logisches Denken. Victor? Du hast doch einen Pitbull."

Kranski biss die Zähne zusammen.

„Wieso hältst du Steinmann Junior für den Täter?"

„Weil Frau Sitler mir erzählt hat, dass Bodo Steinmann, ihr Geliebter, sie Freitagnacht letzte Woche angerufen und ihr mitgeteilt hat, er hätte ihren Mann erschlagen. Dann hat er ihr befohlen, ihn als vermisst zu melden. Ich vermute, der Verdacht sollte auf die Angestellten des Glückkauf-Discounters fallen."

„Wieso weißt du immer mehr als ich?"

Oh Mama, Kranski war nahe daran, am Daumen zu lutschen. Er lehnte sich jedoch nur müde in den Autositz zurück. Gerne wäre er wieder in seinen Traum eingetaucht. Aber er musste veranlassen, dass die Steinmann-Villa durchsucht wurde.

Freitagabend

Norbert und Gerlinde Steinmann saßen händchenhaltend auf der Designercouch. Frau Steinmanns Augen waren gerötet. Herr Steinmann sah stumpf vor sich hin. Er schien den Polizeitrupp nicht wahrzunehmen, der sein Haus durchwühlte. Nur der Anwalt kontrollierte mit Wieselaugen das Vorgehen der Beamten.

Die Steinmanns waren soeben aus der Gerichtsmedizin zurückgekehrt, wo sie ihren Sohn identifiziert hatten.

„Er ist ein guter Junge. Ein so lieber Junge. Er hat nichts Böses getan", wimmerte Gerlinde Steinmann in kurzen Abständen.

Kranski fürchtete, ihr glauben zu müssen. Die Suche blieb erfolglos. Kurz bevor er und seine Leute das Haus verlassen wollten, steckte Laura den Kopf durch die Tür.

„Was gefunden?"

„Nein." Kranski war stinksauer. Andererseits freute es ihn, dass Laura sich geirrt hatte.

„Auch im Bunker nichts?"

„Bunker?" Kranski sah Norbert Steinmann fragend an. Der kehrte nur langsam aus einer fernen Welt zurück:

„Atomsicherer Bunker. Da sind nur überlebenswichtige Dinge gelagert. Niemand hat Zutritt."

„Trotzdem."

Steinmann führte den Trupp durch den Garten zu einem von Fichten umstellten Erdhügel. Sie stiegen tief hinab in einen großen Raum, der weit mehr als lebenswichtige Dinge enthielt.

Norbert Steinmann staunte.

Laura schritt mit schräg geneigtem Kopf die vollgestopfte Bücherwand ab. Dann zupfte sie mit Latexhand ein Buch heraus.

„Hitlers 'Mein Kampf'", triumphierte sie. „Der Buchrücken ist eingerissen. Es fehlt der Teil mit den Buchstaben ‚m f'. Wahrscheinlich der Pappfetzen aus Sitlers Genickwunde."

Kranski wurde vor Wut rot.

Norbert Steinmann wurde blass.

„Hitler wurde mit seinem eigenen Machwerk erschlagen?"

Kranski legte ihm tröstend die Hand auf die Schulter.

„Nein. Adolf Sitler. Er war ein Gesinnungskamerad Ihres Sohnes und Mitglied seiner rechtsextremistischen Organisation. Sie hatten keine Ahnung?"

Norbert Steinmann flüchtete in die Arme seines Anwalts.

Montagmorgen

Laura saß in Victor Kranskis Büro. Sie ist so schön, dachte er. So zart gebaut. Sie wäre an der Seite eines Mannes die Zierde eines jeden Heims. Aber sie ist vorlaut und schnüffelt in anderer Leute Privatangelegenheiten herum. Wieso?

„Was haben wir?" Laura sah Kranski aufmunternd an.

„Helga Sitlers Aussage und die Bänder, auf denen Bodo Steinmanns Telefonanrufe sind. Darunter seine Nachricht, er habe ihren Mann erschlagen. Unser Techniker ist sicher, dass sie nicht manipuliert sind. Dann das Buch. Es war eindeutig die Tatwaffe. Darauf sind nur Bodos Fingerabdrücke. Ich denke, es reicht, um ihn post mortem des Mordes an Adolf Sitler zu überführen. Deine Glückkauf-Mädels sind aus dem Schneider."

Laura reckte sich wohlig. „Ohne mich hättest du Unschuldige hinter Gitter gebracht, gib es zu."

„Benutze meine Selbstachtung nicht als Trampolin, Laura. Ich hätte die richtige Spur noch gefunden. Vielleicht nicht so schnell." Er lächelte sie versöhnlich an. Sie war auch gar zu schön, mit ihren seidigen braunen Locken und den Rehaugen. Er kam nach Hause. Sie empfing ihn an der Tür, legte die schlanken Arme um ihn und flüsterte:

„Endlich, Liebster. Du hast mir so gefehlt."

„Apropos Spur. Habt ihr was über Hermann Burgherr rausgefunden?"

„Was?" Kranski stolperte in die Wirklichkeit. „Nein. Bislang nichts. Wir vermuten, dass Bodo und Hermann sich um die Drogen gestritten haben. Ein Suchtrupp ist im Kurpark unterwegs. Gehen wir zum Spanier?"

„Du zahlst."

„Wie war das mit der Gleichberechtigung?"

„Du kennst dieses Wort?"

„Wenn es ums Bezahlen geht, ja."

„Gewonnen", gab sich Laura geschlagen, „ich lade dich ein."

Der Kahn glitt langsam über den Kurparkteich. Rexona, Thomas Mausers Schäferhündin, von der man munkelte, sie könne selbstständig denken, ließ die Vorderpfoten über den Rand des Kahnes hängen und hielt die Schnauze tief gesenkt. Sie sog unzählige Gerüche ein. Leichengeruch war nicht dabei.

Der Teich war Fehlanzeige. Mauser ließ Rexona den Kurpark durchschnüffeln. Vor dem Hügel, auf dem der Pavillon stand, stoppte sie. Umkreiste ein Fleckchen Erde mit verwelktem Gras, setzte sich auf die Hinterbeine und begann gotterbärmlich zu heulen. Thomas Mauser fragte:

„Was hast du, Rexona? Hast du was gefunden?"

Rexona heulte. Mauser fragte weiter:

„Was ist es denn? Was hast du entdeckt?"

Rexona begriff, dass Heulen nicht ausreichte, und begann zu buddeln. Mauser schaute seiner Hündin erwartungsvoll zu. Die zehn anderen Polizisten, die abkommandiert waren, den Kurpark nach Hermann zu durchsuchen, sahen ebenfalls zu. Mehr und mehr verschwand Rexona im Erdreich, bis die ersten Schnipsel eines menschlichen Gesichtes und eines Hundekopfes hervortraten. Hermann Burgherr konnte von der Vermisstenliste gestrichen und Bodo ein weiterer Mord angehängt werden. Die Blutspuren auf dem Messer, das man in Bodos Wagen gefunden hatte, waren nicht nur tierischer Herkunft, sondern konnten auch Hermann zugeordnet werden. Das Messer trug nur Bodos Fingerabdrücke.

Tief unten in den Kellergewölben der Villa von Familie Burgherr, bedeckt mit Gerümpel, verweste ein kleiner Mann. Irgendwann wurde die Suche nach ihm eingestellt. Niemand vermisste ihn. Und wenn ihn keiner wiedererweckt, ruht er dort in alle Ewigkeit.

Zuschlag

Barbara Kletzin

An diesem Morgen war sie früh unterwegs, sehr viel früher als an den vorangegangenen Tagen. Sie brauchte mehr Informationen. Unausweichlich. Eine davon war herauszufinden, wie viel Zeit ihr bleiben würde, sobald sie die Villa betreten hätte.

Fast noch Dunkel. Das bisschen Licht von der letzten intakten Straßenlaterne war keine große Hilfe. Die drei Kameraden waren den Tritten und Schlägen jugendlichen Übermutes zum Opfer gefallen. Im Lokalsender des Radios hatte der Bürgermeister – die stolzgeschwellte Brust schwang in der Stimme mit – gesagt, dass sich die Probleme in diesem Quartier verringert hätten, seit die Polizei dort regelmäßig Streife fahre. Genau, dachte die Frau, sie fahren immer dann, wenn die Alkis noch schlafen und die Raudis sich in der Schule austoben.

Die Scheinwerfer der problemnegierenden Funkstreife erfassten sie. Sie erstarrte zur Salzsäule. Intensive Analyse durch die Milchgesichter hinter der Frontscheibe bezüglich des von der im Lichtkegel erfassten Person ausgehenden Gefahrenpotentials. Plötzliches Abblenden und Ausstellen der Scheinwerfer. Die Frau spürte, wie die Polizisten vorsichtig Gas gaben und schleichend wegrollten. Sie drehte sich um. Hinter ihr eine Gruppe junger Männer mit Migrationshintergrund und Liste-1-Hunden an der Leine. Die Hand der Frau fuhr in die Manteltasche. Die jungen Erwachsenen sprachen laut und die Frau stellte anerkennend fest, dass der Deutschkurs ihre Unterhaltung um einige saftige Kraftausdrücke bereichert hatte. Bevor ihr die jungen Leute zu nahe kamen, nahmen sie die Abkürzung quer über das, was einmal als Grünanlage geplant gewesen war. Die Finger der Frau in der Manteltasche lockerten sich. Dann hörte sie ein metallenes Scheppern, das letzte Licht erlosch. Gleichmütig zuckte sie die Achseln. Sie war an einem Punkt ihres Lebens angelangt, an dem sie nichts mehr fürchtete. Die Dunkelheit nicht, und selbst die apokalyptischen Reiter im Genick hätten ihr keine Angst eingejagt. Ihr Ziel war das Paradies. Der Weg dorthin war der Tod oder derjenige, auf dem sie gerade dahin zockelte. Richtung Bushaltestelle.

Um Haaresbreite schaffte sie den Siebenuhrdreiunddreißiger und knäulte sich in die Melange aus Geschrei und Körperdünsten. Sie atmete flach und suchte mit flinken Blicken die Schulkinder ab, die alle Sitze belegt hatten, neben sich Taschen so groß und umfangreich, als gingen sie auf eine sechswöchige Ferienreise. Was scherte es sie? Sie fand ihr Opfer, ein unscheinbares kleines Mädchen. Sie drängelte sich durch den vollgestopften Gang, krallte ihre Hände in die Sitzbank hinter dem Kopf des Mädchens und presste ihre muffigen Klamotten gegen sie.

„Wollen Sie sich setzten?" Die Kleine japste nach Luft, wuchtete die Schultasche hoch und wurde Teil der Leiber im Gang.

„Lieb von dir." Die Frau grinste.

Frühmorgens hatte der Himmel nur einzelne graue Wolken gezeigt und die Frau hatte auf einen regenfreien Tag gehofft. In der Zwischenzeit aber hatte sich die Wolkendecke geschlossen, und als die Frau ausstieg, stob ihr feines Nass entgegen. Sie zog die Strickmütze tief über die Ohren und flüchtete in das Wartehäuschen an der Bushaltestelle, wo sie ihren Beobachtungsposten eingerichtet hatte. Der Wind stäubte die feuchte Luft wie Puder hinter ihr her. Es half wenig, dass sie von einem Fuß auf den anderen trat, um sich warm zu halten. Die Kälte kroch durch das Leinen ihrer Turnschuhe und ließ sich auch nicht von ihrem Mantel abschrecken, der so dünn war wie ihre Rente. Die Frau vergrub die Hände in den Manteltaschen. In einer von ihnen ertastete sie etwas Kaltes, das sie als tröstlich empfand: das kühle Metall der Luger.

Es war der achtzehnte Tag ihrer Observierung.

An einem Montag im Oktober, dem dreizehnten, hatte sie die Parkbank unter der Trauerweide beschlagnahmt, von der aus die Villa gut zu sehen war. An das Ende der Bank hatte sie die große Tasche, deren Kunstleder Risse aufwies, gestellt. Davor hatte sie die braune Papiertüte gelegt, deren Inhalt durchfettete. Den Platz zwischen ihr, die breitbeinig dasaß, und der Tüte besetzte eine Thermoskanne, die nicht nur nach Kräutertee roch. Passanten, die vorüberhasteten und unbewusst zu ihr hinüberblickten, drehten den Kopf so schnell weg, dass sie gelegentlich die Halswirbel knacken hörte. Unmerklich verzogen sich die Lippen der Frau zu einem Schmunzeln. Es funktionierte. Niemand würde den Wunsch verspüren, sich neben sie zu setzen. Und an was würden sich die Leute erinnern? Eine alte Frau. Wahrscheinlich eine Pennerin. Unmöglich sie zu beschreiben.

Nur der Mann, der täglich mit seinem Hund spazieren ging, beunruhigte die Frau. Anfangs war er gleichgültig mit seinem Jack-Russel-Terrier an ihr vorbeigelaufen. Aber eines Tages verlangsamte er kurz vor der Bank seine Schritte. Er ließ zu, dass der Hund an der Tüte schnüffelte. Die Frau reagierte nicht. Daraufhin fasste er ihren Arm und sagte sehr laut:

„Ich heiße Jakob. Es ist ein wunderbarer Oktobertag. Die Blätter haben sich verfärbt und leuchten in der Sonne. Spüren Sie die Wärme? Ich setze mich mal zu Ihnen.“

Die Frau, die ständig eine Sonnenbrille trug, zog das Gestell langsam mit dem Zeigefinger zur Nasenspitze runter, sagte:

„Verpiss dich" und schielte den Mann böse an. Er prallte zurück, schnappte seinen widerstrebenden Hund, den ein aufregender Geruch fesselte, und wetzte davon.

Zu diesem Zeitpunkt wusste sie nicht, ob es wichtig war, dass niemand sie wiedererkannte oder sich daran erinnerte, dass sie tagelang dort gesessen hatte. Aber sie fand es vernünftig, Risiken so weit wie möglich auszuschalten.

Sie trank wenig, so dass sie selten die öffentliche Toilette aufsuchen musste, die einige Meter entfernt stand. Wenn sie dennoch ihren Platz verlassen musste, legte sie Erichs speckigen Hut, der furchterregend stank, neben die Flasche mit dem billigen Fusel. Es wirkte abweisender als ein Stacheldrahtzaun.

Nach und nach wurden die Blätter der Trauerweide gelb und lösten sich beim geringsten Windhauch. Sie flatterten auf die Frau, auf die Bank, auf den Boden. Ungerührt betrachtete sie, die Augen hinter den dunklen Brillengläsern verborgen, die Vorübergehenden, die Geldmünzen auf die Tasche warfen, vernahm das Klimpern und den dunklen Ton beim Aufschlagen auf dem Leder. Sie verharrte reglos „grau wie ein Markstein namenloser Reiche" und konzentrierte sich auf das Haus. Wenn die Zeit dahinschlich, das Sitzen quälend wurde, zog sie den zerlesenen Rilke-Band aus der Tasche, hielt ihn zwischen ihren gefalteten Händen und murmelte die Gedichte, die sie fast alle auswendig kannte. Sie begann mit ihrem Liebling „Pont Du Carrousel".

Dann aber, als der Oktober sich dem November zuneigte, zog der Himmel den Vorhang zu und ihr Sommertagstraum war zu Ende. Sie flüchtete vor den ersten Regenschauern in das Wartehäuschen an der Bushaltestelle, die der Villa gegenüberlag. Die Haltestelle wurde nur von einer Buslinie angefahren und selten stieg jemand aus oder ein. Sie polsterte den metallenen Sitz mit alten Zeitungen, fuhr meistens um die Mittagszeit nach Hause, wärmte sich auf, schlief etwas und setzte dann die Beobachtung des Hauses und seiner zwei Bewohner, einer sehr dicken Frau und eines jungen Mannes, fort.

Es wurde nicht heller. Aus dem Nieseln war ein Schnürlregen geworden. Die Villa umgab eine Dornröschen-Atmosphäre. Die Frau blickte auf ihre Armbanduhr. Fast neun. Hatte sie den jungen Mann verpasst? Unsinn! Sie trampelte kräftiger mit den Füßen und schlang die Arme fest um den Oberkörper. Es war noch früh. Die Geschäfte öffneten meist erst um zehn.

Aus ihren bisherigen Beobachtungen, die sie in dem Taschenkalender notier-

te, den ihr der Apotheker zum Jahresende geschenkt hatte, schloss sie, dass der Junge jeden Montag, Mittwoch und Freitag vormittags nicht zu Hause war. ‚Kehrt um 11.00 Uhr zurück mit Abweichungen', hatte sie vermerkt. Aber um zu wissen, wie viel Zeit ihr bleiben würde, musste sie herausfinden, wann er losging und ob es immer zur selben Zeit geschah. Sie fixierte den Eingang.

Punkt neun Uhr schloss er die Eingangstür und ging den Kiesweg hinunter. Sie hörte das Quietschen des Eisentores, kämpfte mit dem Schirm, an dem eine Strebe gebrochen war, spannte ihn endlich auf und folgte dem jungen Mann.

Samstag, 08.11. – 16.30 Uhr

Nah. Er war ganz nah dran. Er fuhr auf der Harley die Route 66. Er eroberte Amerika. Er fuhr in den Sonnenuntergang.

Der Monitor des PCs raspelte Lichtfetzen über Robert, dessen Unterlippe heftig zuckte. Zwei Stunden, zehn Minuten und dreizehn Sekunden. Er spielte auf Risiko. Bewegte sich am Rande des Abgrundes. Der Einsatz war hoch. Das Gebot für die Harley lag bei neuntausendneunhundertachtzig Euro. Robert schwitzte trotz der niedrigen Temperatur, die in der Dachwohnung herrschte. Aufhören oder erhöhen? Leitete sein Instinkt ihn noch richtig? Schätzte er m***s richtig ein? War sein Kontrahent so besessen, dass er anderen den Sieg nicht gönnte. Einen Sieg, der Robert ruinieren würde.

Seit dem frühen Morgen spielte er sein Spiel bei eBay, verscheuchte die

Müdigkeit mit Cola und Red Bull. Inzwischen war es in der Dachstube dämmrig geworden. Das graue Licht verwandelte sie in eine Schwarz-Weiß-Fotografie, auf die Robert wie ein Schattenwesen montiert war. Die Twilight-Stimmung führte ihn noch stärker in seine Traumwelten, so dass die Auktion mit dem Ölgemälde fast schiefgegangen wäre. Es zeigte eine Frau am einsamen Strand in einem weißen Kleid, das der Wind aufblähte. Sie blickte über das Meer. Er hatte sich neben sie fantasiert, seinen Arm um sie gelegt und gemeinsam mit ihr auf die schaumgekrönten Wellen geschaut.

Der Zuschlag war buchstäblich in letzter Sekunde an ihm vorübergegangen. Dagegen hatte ein antiker Kompass sein Konto empfindlich getroffen. Nun starrte Robert gebannt auf die Gebotsliste. Wenn nicht jemand höher bot als er, dann …

Er wusste, er sollte aufhören. Er wusste, dass er auf dem Schleudersitz in den finanziellen Ruin saß. Er wusste im selben Augenblick, dass er nicht aufhören konnte. In diesen Momenten lebte er, fühlte die Erregung, wenn er seinem Traum so nah wie nur irgend möglich kam, ohne am Ende den Preis zu zahlen. Seine Hand lag auf der Maus. Der Zeigefinger berührte die Taste wie den Abzug eines Revolvers und er zog ihn unendlich langsam durch. Erhöhen. Klick! War die Kammer leer? Der Zuschlag glich der Kugel aus der sechsten Kammer. Sein Russisches Roulette. Vor wenigen Stunden erst hatte er den harten trockenen Knall vernommen, den dumpfen Aufprall gegen die Schläfe verspürt und die Explosion in seinem Kopf. Der finanzielle Todesgruß: „Herzlichen Glückwunsch. Der Artikel gehört Ihnen".

Zehn Minuten, vierzig Sekunden. Die Trommel drehte sich. Erschöpft wandte Robert seine vor Anstrengung brennenden Augen von seinem Siebzehn-Zoll-Universum ab und blickte zum Dachfenster. Es reichte fast bis zum Boden, von der Wand blieben links und rechts nur zwei schmale Ränder. Nach oben lief es spitz zu. Es rahmte einen Ausschnitt des öffentlichen Parks ein, der zu dieser Jahreszeit kahl und verlassen dalag.

Vor dem Fenster hatte die Welt ihr Nachtschwarz übergezogen und einen Dreiviertelmond angesteckt, der einem gelb geschminkten Clownsmund ähnelte. Robert schauderte. Lange hatte er es verdrängt, aber in diesem Moment entkam er dem Bild nicht.

Er ist acht Jahre alt. Er sitzt in der Küche über seinen Schularbeiten. Am Küchentisch zählt Clara, die Pflegemutter, das Haushaltsgeld. Stapelt Münzen und wenige Scheine für die einzelnen Posten aufeinander. Merkt, dass es für keinen reicht, schiebt das Geld hin und her, verteilt es neu und schleudert es dann mit einer zornigen Geste durchs Zimmer. Er legt die Schulbücher beiseite, sammelt das Geld auf und lässt ein Fünfmarkstück im Strumpf verschwinden. Clara kommt auf ihn zu, umarmt ihn, küsst ihn auf den Mund und flüstert heiser:

„Komm, Robbi, ein Zirkus ist in der Stadt. Wir machen uns einen lustigen Nachmittag."

Er sah sie wieder vor sich, wie sie ihn aus der Wohnung schubste, weg von den Schulbüchern. Er sah ihre fiebrig glänzenden Augen.

Die Zeitanzeige des PCs holte Robert in die Gegenwart zurück. Ihm blieb eine Galgenfrist von fünfzehn Sekunden. Er hätte schwören können, das m***s sich nicht geschlagen geben würde. Er nahm die Schweißtropfen nicht wahr, die von seiner Stirn perlten und auf die Tastatur fielen. Er hörte nur das Hämmern seines Herzens und das Blut in seinen Ohren rauschen. Zehn, fünf, vier. m***s schlug zu. Erhöhte. Die Auktion endete. Robert schrie auf vor Erleichterung.

Er tänzelte pfeifend hinüber zu der minimalistischen Küchenzeile, die an das Bücherregal anschloss. Nur der Kühlschrank, ein Monstrum, wölbte sich dickbäuchig in den Raum und war so leer wie Roberts Leben. Außer einer Batterie von Colaflaschen stand im mittleren Fach bloß ein Becher Joghurt, so einsam und verloren wie ein Single, dessen Internetdate nicht erschienen war. Mit dem Joghurt in der Hand lief Robert in dem kleinen Raum auf und ab, von der Wand zum Dachfenster, vom Dachfenster zur Wand. Überlegte, ob er weiterspielen sollte oder ausschalten, schlürfte dabei den Joghurt, dachte an Marthas überquellenden Kühlschrank, aus dem er sich später bedienen würde, und stoppte plötzlich vor dem Dachfenster. Hypnotisiert starrte er auf den volllippigen Mond.

Die Vorstellung ist zu Ende. Er sitzt auf den Stufen des Wohnwagens, vor dem das Treiben des Zirkusvolkes weitergeht. Er sieht einem kleinen Mädchen zu, das erste Schritte auf einem auf dem Boden liegenden Seil übt. Ihr Körper in dem weißen Trikot ist dünn und biegsam. Ihr Haar hat die Farbe von Ringelblumen und steht wild nach allen

Seiten. Er will sie ansprechen. Doch in diesem Moment hetzt seine Pflegemutter aus dem Wohnwagen, packt ihn und zerrt ihn fort. Er sieht ihr Gesicht. Den verschmierten Lippenstift, den kalten Glanz in ihren Augen.

Joghurt tropfte auf den Teppichboden, auf dem ein weiterer Fleck nicht auffiel. Robert peilte den Klecks an, als sei es der Schalter, mit dem er den Film in seinem Kopf ausknipsen konnte. Doch der spulte unaufhaltsam ab.

Zu Hause erwartet ihn schon der Pflegevater. Er sitzt auf dem Bett in der Kammer, wo Robert schläft.
„Zieh die Jacke aus", sagt der Vater.
Robert gehorcht und hängt die Jacke an den Wandhaken. Dann blickt er auf den Schallplattenspieler, der jetzt auf der Kommode steht.
„Hast du Spaß gehabt?", fragt ihn der Pflegevater.
„Ja, Vater", sagt er.
„War die Mama immer in deiner Nähe?"
„Ja."
„Hat sie dich nicht einmal allein gelassen?"
„Nein!"
„Du lügst."
Anfangs versteht er die letzten Worte kaum, so leise spricht der Vater.
„Es hat Spaß gemacht, wirklich Spaß", sagt er vorsichtshalber.
„Nur die Wahrheit macht Spaß", wiederholt der Vater stereotyp, „und die Wahrheit ist zumeist sehr schmerzhaft."
Danach legt er „Jailhouse Rock" auf den alten Plattenspieler, der noch die 45er-Scheiben abspielt, und dreht auf höchste Lautstärke.

Robert presste seine Handballen gegen die Ohren. Aber das Lied rotierte unentwegt.

Immer war irgendwo ein verdammter Zirkus, zu dem die Mutter ihn schleppte. Sie warf Clowns in die Asche ihres Lebens, bunt geschminkte Figuren, die wärmten, auch wenn ihre Fröhlichkeit so falsch war wie Claras Zufriedenheit, die sie ihrem Mann vorspielte.

Umkehren. Abschalten. Die CD mit den aufgebrannten Erinnerungen löschen.

Robert wankte zum Computer, warf den Joghurtbecher achtlos weg und trat den Rückzug in die wunderbare eBay-Welt an. Einloggen. Das nächste Objekt, zum Träumen schön. Bis zum Cut. Er klickte auf die Auktionsseite für Boote und betrat gefährliches Terrain. Nichts begehrte er so sehr wie ein eigenes Boot. Ein Traum, der in ihm nistete, seit er Hendrik begegnet war. Roberts Pupillen weiteten sich, als er das unglaubliche Angebot einer Luxusjacht zum Schnäppchenpreis entdeckte. Raus hier, dachte er. Sieh nicht hin. Hier darfst du nicht einsteigen. Niemals. Du wirst die Kontrolle verlieren. Es ist zu riskant.

Er klinkte sich in die Auktion ein.

Montag, 10.11 – 12.20 Uhr

Herta Hagen hatte es eilig. Das Kopftuch tief ins Gesicht gezogen, strampelte sie auf ihrem Fahrrad gegen Wind und Regen an. Sie raste auf dem Bürgersteig entlang. Die Hauptstraße an ihrer Seite begleitete sie wie eine Blechparade, von der die Bässe der Personenwagen, das Tröten der Mopeds und das tiefe Brummen der Laster lärmten. Herta klingelte Fußgänger aus dem Weg, von denen einer so erschreckt wegsprang, dass er auf der Straße landete und ein Auto zum Ausweichen zwang. Es ging gegen halb eins. Herta keuchte unter der Anstrengung. Sie musste unbedingt noch die kleine Bäckerei erreichen, die um Punkt halb eins schloss. Die Walther war schuld. Immer machte sie ein Riesentheater um das Kinderzimmer.

„Es muss besonders sauber sein, Frau Hagen", bläute sie ihrer Putzfrau ein. Als ob ihre Schmuddelkinder es nicht binnen weniger Minuten wieder verdreckten. Verbittert zog Herta die Lippen nach innen. Der schmale Mund wurde unsichtbar, so dass die Mundpartie zahnlos wirkte.

„Warten Sie!"

Herta sprang vom Rad schlüpfte in die Bäckerei, die gerade geschlossen werden sollte.

„Zwei Croissants", japste sie außer Atem.

Lina, die Bäckersfrau, sah Herta missbilligend an.

„Für Ihren Sohn?"

„Natürlich", sagte Herta, verstaute die Tüte im Einkaufsbeutel, legte das Geld passend auf die Theke und sauste davon.

Zu Hause angekommen, nahm sie das Kopftuch ab, zog den abgetragenen Wollmantel aus, warf beides achtlos über das Treppengeländer und lief rasch in die Küche. Sie kochte Kaffee, füllte ihn in die Warmhaltekanne und den frisch gepressten Orangensaft in eine verschließbare Flasche. Dann packte sie beides mit Marmelade, Wurst, Käse, verschiedenen Brotsorten und den Croissants in den Picknickkorb, den sie extra hierfür angeschafft hatte. Im Deckel war Geschirr und Besteck befestigt. Sie nahm den Korb und begann den Aufstieg. Das Knarren der fünften und sechsten Stufe bedeutete Gefahr für Edgar. Plötzlich aus dem Schlaf gerissen zu werden durch ein bedrohliches Geräusch, könnte ihn traumatisieren. Also die Stufen meiden. Herta hatte Übung. Mit der rechten Hand hangelte sie sich am Geländer hoch und machte einen großen Schritt auf die siebte Stufe. Sie ignorierte den Schmerz, als sie den rechten Fuß aufsetzte und das Knie die volle Last trug, während sie behutsam, um die Kostbarkeiten im Korb nicht zu erschüttern, den linken Fuß nachzog. Als sie vor der Schlafzimmertür ihres Sohnes ankam, war sie schweißgebadet und hatte Krämpfe im linken Arm, an dem der Picknickkorb hing. Schwer pustend lauschte sie an der Tür, bevor sie anzuklopfen wagte. Wie mochte sie ihren Sohn vorfinden? Sie hörte ein lautes Aufstöhnen.

„Eddi mein Liebling Mama ist hier darf ich reinkommen?"

Die Antwort war ein erneutes Stöhnen, noch lauter als beim ersten Mal. Herta erschrak heftig, vergaß alle Rücksicht, öffnete die Tür und schoss ins Zimmer, das Nervenkostüm kurz vor dem Platzen.

Der Raum lag im Dunkeln. Die Jalousie vor dem Fenster war heruntergelassen. Undeutlich sah Herta die Gestalt ihres Sohnes im Bett, der, obwohl die Heizung auf Hochtouren lief, die Bettdecke bis zum Kinn gezogen hatte. Herta stellte den Korb auf einen grazilen Cafehaustisch, schlich jetzt zum Bett und knipste die Nachtischlampe mit der Fünfzehn-Watt-Birne an. Sofort legte Eddi die Hand schützend über seine Augen.

„Guten Morgen mein Junge", flüsterte Herta, „ich habe dir Frühstück gemacht iss etwas mein Gott wie du aussiehst so bleich und ausgezerrt und deine Nase hat wieder geblutet morgen gehen wir sofort zum Arzt."

„Mach das Licht aus, Mama", bat ihr Sohn kläglich, „es quält mich."

Herta tätschelte seine Wange mit den harten Bartstoppeln. Dann knipste sie die Lampe aus und ging auf Zehenspitzen aus dem Zimmer. Draußen lehnte sie sich gegen die Tür und versuchte, die aufsteigenden Tränen zu unterdrücken. Niemals würde die Angst um ihren Sohn sie loslassen.

Edgar, der ersehnte Stammhalter, kränkelte von Geburt an. Herta war mit ihm von einem Kinderarzt zum anderen gelaufen. Jeder sagte, es handele sich um normale Kinderkrankheiten, dass sei nichts Besonderes.

„Machen Sie sich keine Sorgen", hieß es.

„Was hat er?", fragte ihr Mann jedes Mal mit ängstlichen Augen, wenn sie von einer ihrer Odysseen zurückkam.

„Diese Stümper", schimpfte Herta mit schöner Regelmäßigkeit, „Scharlatane Hochstapler."

Ihre Tiraden auf die unfähigen Ärzte zogen hasserfüllte Bahnen durchs Haus. Edgar war nicht normal. Es war ungeheuerlich zu behaupten, er hätte nichts Besonderes. Edgar hatte eine seltene Krankheit, dessen war sie gewiss. Es fehlte nur der Arzt, der das erkannte.

Nachdem Herta einige Homöopathen, Hypnotiseure und Handaufleger erfolglos konsultiert hatte, fand sie endlich in

Gotthilf Schneider einen Spezialisten. Ihn täuschte Edgars mollige, rosige Erscheinung nicht. Er ließ sich nicht durch das Geschrei aus kräftigen Lungen irritieren. Gotthilf Schneider erkannte unter dem robusten Äußeren die zarte, sensible, außerordentlich feine und anfällige Natur Edgars. Er sah Herta mit festem, zuversichtlichem Blick tief in die Augen und sagte:

„Es wird Zeit brauchen, Frau Hagen. Aber ich sehe, Sie sind eine tapfere Mutter. Ich werde Edgar heilen. Es wird jedoch ein langer Weg, ein sehr langer Weg."

Tränen des Glücks liefen Hertas magere Wangen herab, als sie ihrem Mann von Gotthilf Schneider erzählte.

„Gut", murmelte Hertas Mann müde. Er machte seit langem Überstunden. Die privaten Ärzte und die Medikamente waren nicht billig. Als er Gotthilf Schneiders Preis hörte, sackten seine Schultern noch weiter nach vorne.

„Gut", murmelte er wieder. „Wir schaffen das schon."

Eines Tages, als Herta von einer ihren vielen Sitzungen bei Gotthilf Schneider heimkehrte, bemerkte sie, dass persönliche Sachen ihres Mannes fehlten. Die Hausschuhe standen nicht wie gewohnt am Fernsehsessel. Der Schlafanzug lag nicht ordentlich gefaltet auf seinem Bett, der Bademantel war vom Stuhl genommen. Im Bad fehlte die Zahnbürste. Sie öffnete den Kleiderschrank: Es gab keinen Zweifel mehr. Ihr Mann war weg. Ohne eine Nachricht zu hinterlassen, verschwand er wie ein Gespenst, das Erlösung gefunden hatte, aus dem Haus und aus Hertas Leben. Sie war allein mit dem kleinen Edgar. Damit war sein Schicksal besiegelt. Er wurde wieder zum Kassenpatienten degradiert, obwohl Herta eine Putzstelle nach der anderen annahm.

Den Kindergarten mit all seinen Bazillen verstreuenden Kleinkindern konnte sie ihm ersparen. Vergebens aber kämpfte sie gegen die Schulpflicht. Flankiert von zwei Polizeibeamten wurde Edgar abgeholt und zum Schulunterricht verurteilt. Das Leben legte Herta Hagen damit die bislang schwerste Prüfung auf.

Nachts umringten dunkle Gestalten ihr Bett. Gesichter flackerten auf. Die Fratze des Sportlehrers, der Edgar an den Haaren in die Halle schleift, weil kein Arzt ihr ein Attest gibt, dass ihren Sohn vom Sportunterricht befreit. Das Gesicht des beißwütigen Aidskindes und all der anderen virenzüchtenden Monster, die ihren Sohn umzingeln. Das unerbittliche Gesicht des Rektors, der sagt: „Ihr Sohn schläft im Unterricht."

„Er ist krank", sagt Herta.

„Wenn er nicht schläft, spielt er. Ich nehme ihm das Nintendo weg und Sie geben es ihm wieder. Hören Sie damit auf."

„Sein Leben ist entbehrungsreich genug", erwidert Herta und sieht, wie sich das Gesicht des Rektors grün färbt.

Manchmal, wenn sie in einer solchen Nacht erschöpft aufwachte, eilte sie ins Zimmer ihres Sohnes, wo Edgar vor dem Computer saß. „Mit einem Computer kann ich besser lernen", hatte er gesagt.

Herta fragte nicht nach, warum die Übungen von kriegerischem Lärm begleitet wurden. Sie erkundigte sich nur besorgt:

„Hast du deine Schularbeiten geschafft?"

„Zu schwer", krächzte Edgar und sah in dem kalten Licht des Monitors so kreidig aus, dass Herta ihm übers Haar strich, auf die Stirn küsste und sagte:

„Ich schreibe dir für morgen eine Entschuldigung."

Danach schlief sie ruhig.

Als Edgar vierzehn geworden war, erlöste Herta ihn und sich selbst von der Schule und er verließ die siebte Klasse.

Inzwischen hatte Edgar zwar sein zwanzigstes Lebensjahr erreicht, schwächelte aber verstärkt. Eine berufliche Tätigkeit, gleich welcher Art, kam nicht in Frage. Herta putzte sich die Seele aus dem Leib, um die Bedürfnisse ihres Sohnes zu befriedigen. Wenn Edgar jedoch seine feingliedrige Hand hob, um die blonden Locken, die immer etwas verschwitzt waren, aus der Stirn zu streichen, die dicht bewimperten Lider aufschlug, Herta aus Engelsaugen ansah und ihr ein mattes Lächeln schenkte, dann hätte sie die Häuser der ganzen Welt geputzt.

Ergeben willigte Edgar in den Arztbesuch ein. Wenn er mit seiner Mutter öde Stunden in den Praxen verbrachte, zahlte er den Preis für die aufregenden Nächte. Sex, Drogen und Alkohol hinterließen Spuren. Die schlechte Luft in Kneipen und Bars verlieh seinem schlaffen Teint den letzten Pfiff. Doch er sorgte dafür, dass seine Mutter nicht herausfand, warum er so schlecht aussah. Beim großen Check-up stand ein Freund, der mittlerweile cleaner war, als einem Drogenhund lieb sein konnte, Edgar zur Seite. Wie Fremde saßen sie im Wartezimmer. Gleich nach Edgar ging er zur Toilette und tauschte den Urinbehälter aus. Er zapfte sich gekonnt Blut ab und Edgar tauschte die Röhrchen nach seiner Blutentnahme. Es fiel ihm leicht, mit einem einzigen Augenaufschlag die Arzthelferin abzulenken. Edgar bezahlte für die Dienstleistungen und alles was Herta zu sehen bekam, war das aseptische Lächeln der Ärzte, die sagten, dass ihr Sohn kerngesund sei, vielleicht etwas anämisch.

Eine Zeit lang hatte sie, wenn sie abends nach Hause kam, nochmals in Edgars Zimmer geschaut um zu sehen, wie es ihm ging. Aber er hatte sich beschwert.

„Wenn du abends in mein Zimmer kommst, werde ich wach und kann nicht mehr einschlafen", hatte er geklagt. Dabei hatte seine Stimme so hauchdünn und leidend geklungen, dass Herta vor Schrecken ganz kalt wurde. Seitdem hatte sie ihren Buben vor Mittag nicht mehr gestört.

Herta stieg die Stufen hinab. Vor dem Garderobenspiegel blieb sie stehen und stellte befriedigt fest, dass sie um viele Jahre älter wirkte als dreiundfünfzig. Sollten die Leute doch sehen, was für ein schweres Schicksal sie zu tragen hatte.

Da ihr nur wenig Zeit blieb bis zum nächsten Hausputz, zog sie die derben Schuhe erst gar nicht aus. Sie nahm sich eine Tasse Kaffee, setzte sich auf die Küchenbank und blätterte in Reiseprospekten. Mallorca. Herta versank in einen blauen Abgrund aus Himmel und Meer, fühlte feinen Sand unter ihren strapazierten Füßen und träumte von einer weißen Finca.

„Dem Buben würde das Klima guttun", sagte sie leise, als wollte sie mit diesem altruistischen Gedanken Gott milde stimmen und dazu bringen, endlich ein Wunder geschehen zu lassen. Raus aus der Schufterei, den Regentagen entkommen und den viel zu kurzen Nächten. Ihre Lottoscheine waren bislang alle im Papierkorb gelandet. Sie brauchte ein Wunder, eine göttliche Fügung, die sie mit einem Schlag aus der Misere holte. Jeden Sonntag während des Gottesdienstes erklärte sie im stummen Gebet ihrem Schöpfer klipp und klar, dass sie ein Recht darauf habe.

Dienstag, 11.11. – 08.00 Uhr

Die Schatten verfolgten Robert, seit er sie herausgefordert hatte. Sie umkreisten ihn. Sie bewegten sich in kleinen Schritten. Hielten inne. Lauerten. Warteten, dass einer die Nerven verlieren und aufgeben würde.

Er wollte nicht aufwachen. Jedes Aufwachen war ein Alptraum. Mit geschlossenen Augen blieb er liegen. Er wusste die Dachschräge wenige Zentimeter über seinem Kopf. Wie ein Korsett schnürte ihn der Raum ein und so lag er eine Weile regungslos und konzentrierte sich darauf, ruhig und gleichmäßig zu atmen. Robert war über einsneunzig groß. Wenn er ausgestreckt im Bett lag, hingen seine Füße ins Freie, so dass er sie mit dicken Wollsocken vor der Kälte schützte. Nachdem er eine Weile so dagelegen hatte, schob er seinen Körper vorsichtig über die Bettkante und richtete sich auf, bemüht, nicht an die Schräge zu stoßen. Er saß still. In die Wirklichkeit durfte man nur langsam eintreten. Er tastete nach der kruden Locke, die

ihm in die Stirn hing, und strich sie zurück. Dabei verhakten sich seine Finger in der dichten schwarzen Krause.

Es ist Pause. Wie immer steht er vor dem Tor. Dreht dem Schulhof den Rücken zu. Sieht auf die Straße. Die Dächer der Autos glänzen in der Sonne. Fahren. Unterwegs sein. In einem dieser Wagen sitzt er. Taucht ein in den blinkenden Strom.

„He, Kanake, wartest auf dein Kamel?" Gegröle.

„Klar!" Das ist Max. „Der Nigger will nach Hause in seinen Ziegenstall."

„Nein, auf den Baum!" Sie steigern sich. Max kommt näher und schnippt die glühende Zigarette gegen ihn.

Er schluckt die Wörter. Widerstandslos, trotzig. Wörter, die sie in ihn hineinstopfen. Auf dem Schulhof, auf der Straße. Bis zu jener Nacht.

Max ist der Anführer, der Einpeitscher. Er ist zweimal sitzengeblieben. Älter, größer, stärker als die anderen, mit der Lust, jemanden zu verprügeln. Max hängt mit der Clique auf dem Spielplatz ab. Sie schikanieren die Kleinen, qualmen verbotene Zigaretten, hocken um einen Bierkasten. Max zeigt den anderen, wie viel er vertragen kann. Auf dem Schulhof prahlt er damit. Robert ist froh, als Max eines Nachts auf seinem Heimweg im offenen Gully verschwindet.

Es trieb ihm immer noch den Schweiß aus allen Poren, wenn er daran dachte, wie schwer es gewesen war, den Deckel wieder über die Öffnung zu ziehen.

Robert wand die Finger aus dem Drahtgeflecht seiner Haare. Er hätte zu gerne gewusst, wer seine Eltern waren und woher sie kamen. Seine Haut war dunkel, wie von der Sonne gebräunt. Vor dem Spiegel prüfte er oft, ob seine Augenfarbe dunkelbraun war oder schwarz. Verschiedene Lichtreflexe verhinderten eine endgültige Entscheidung. Seine Nase war klein mit einem Schwung himmelwärts. Nicht gerade Zeichen eines exotischen Einschlags. Trotzdem, dachte er, ich sehe komisch aus. Nicht Fleisch nicht Fisch.

„Hör auf, deine Krause mit Gewalt zu glätten. Auf See zählt nur der ganze Kerl, nicht sein Aussehen." Robert lauschte Hendriks Stimme nach, als stünde er neben ihm.

Schlafen! Zurückkehren in den erlösenden Zustand. Schlafen! Träumen.

Der November, entschlossen, durchgehend Trauer zu tragen, finsterte auch diesen Tag ins Anthrazit und Robert fiel das Aufstehen noch schwerer. Aber im Nebenraum erwartete ihn etwas. Etwas, das aus seinem elektronischen Kokon ins Leben ausbrechen wollte. In Roberts Leben und nicht leben durfte. Roberts Unterlippe zuckte heftig. Nur im Pyjama und auf Socken tapste er in die Wohnküche, nahm aus dem Kühlschrank eine Coke und setzte sich an den Schreibtisch, auf den der Monitor sein blinzelndes Licht warf.

Robert klickte wieder auf das Bild der Motorjacht. Die Konturen verschwammen. Der Traum schlich sich ein und trieb ihn über ein endloses Meer, mit einem Horizont, der sich so weit erstreckte, dass er niemals Grenze sein würde. Der Traum ließ die Wellen hochgehen unter dem Schiffsrumpf, seinem Schiff, an dessen Steuerrad er stand. Gischt flog ihm ins Gesicht und ein kräftiger warmer Wind blies über seine Haut. Er war allein in diesem Traum, allein unter einem blauseligen Himmel, der seine Farbe über die Meeresoberfläche sprühte.

Der Traum gab ihm das Recht aufs Alleinsein, auf Weite und Stille. Er gab ihm das Recht, tagelang im menschenleeren Raum zu verbringen und dann, nach Lust und Laune, einen Hafen anzufahren, zu ankern und die Gesellschaft zu wählen, die ihm angenehm war.

Sein Nacken war steif und schmerzte. Er begann ihn zu massieren. Löste sich endlich aus der Auktion, die stagnierte.

Er ging zum Bücherregal, streifte kurz den schmalen Ordner mit Absagen auf Bewerbungen zu allen möglichen Jobs, die ihm sein Hartz-IV-Status verordnet hatte, und griff nach James A. Michener. Alaska, Hawaii, Texas, Mexiko. Überall hin war er dem Autor gefolgt, der seine Eltern nie kennengelernt hatte. Robert kroch in den Ohrensessel und unter dem freundlichen Licht einer Stehlampe aus den fünfziger Jahren segelte er nach Hawaii. Sessel und Lampe waren die einzigen Gegenstände, die er beiseitegeschafft hatte, als er das Haus seiner Pflegeeltern verließ.

Nicht, dass es leicht gewesen wäre, von ihnen wegzukommen. Ohne Zweifel hatten sie ihn geliebt. Ihn und das monatliche Pflegegeld. Mit vierzehn begriff er, dass das Pflegegeld fast ihr gesamtes Einkommen ausmachte. Freiwillig hätten sie ihn niemals gehen lassen. Trotzdem wurde Robert sie los.

Nachts holen sie ihn aus dem Bett, einen verschlafenen Jungen. Die Nachbarn haben sich über laute Musik beschwert, erklärt ihm der Polizeibeamte. Seine Kollegin sieht Robert mitleidig an. Das Radio ist inzwischen abgestellt und die Stille empfindet Robert bedrohlicher als das gewohnte Geplärr. Die Beamtin streicht ihm liebevoll über das

Haar. Seine Pflegeeltern seien tot, sagt sie. Der Vater habe wohl Clara den vergifteten Wodka zuerst trinken lassen und anschließend selbst den Giftbecher genommen. Sie tätschelt seine Wange. Der Polizist hält, mit einem Taschentuch sorgfältig mögliche Fingerabdrücke schützend, die leere Wodkaflasche hoch, sieht zu den vollen Flaschen im Vitrinenschrank und dann auf Robert. Deine Eltern hatten wohl ein hochprozentiges Hobby. Der Polizist sagt es mit mitleidiger Mine, aber Robert sieht das Grinsen dahinter. Sie vermuten, das Drama wurde durch den anonymen Brief ausgelöst, in dem Clara des Ehebruchs beschuldigt wird. „Wo war Ihre Frau, wenn ein Zirkus in der Nähe war?", fragt der unbekannte Absender, der den Brief mit ‚Ein genervter Clown' unterschrieben hat.

Der Gedanke an diesen Abend brachte Robert zum Lachen. Er lachte, dass es ihn durch und durch schüttelte. An der Selbsttötung hatte damals niemand gezweifelt. Eine Weile rätselten sie jedoch, warum der Vater das Gift in die Flasche getan hatte und nicht gleich in die Gläser.

Robert war geflohen. Fort von den netten Nachbarn, bei denen er untergekommen war. Fort vom Jugendamt, das sich bereits nach der nächsten Pflegefamilie für ihn umsah. Bevor er das Weite suchte, hatte er in einer alten Waldhütte die beiden Gegenstände versteckt, an denen sein Herz hing. Nachdem er einen Job und eine Wohnung gefunden hatte, war er zurückgekehrt und hatte die Sachen aus der inzwischen verfallenen Waldhütte mitgenommen.

Robert liebte das Sesselungetüm über alles. Hier hatte er seine glücklichsten Stunden als Kind verbracht. Hier hatte er sich vor einer trostlosen Wirklichkeit aus dem Staub gemacht, Abenteuerromane und Reiseberichte verschlungen. Gestrandet aber war er in zwei kleinen Räumen unter dem Dach einer baufälligen Villa aus den zwanziger Jahren. Da der Mietpreis jedoch auch aus den zwanziger Jahren stammte, hatte Robert nicht nein gesagt, als Martha Gruber ihn fragte, ob er bei ihr einziehen wolle.

Es war ein heißer Sommertag gewesen, als Robert Martha Gruber zum ersten Mal begegnete. Ziellos war er durch den Ort gelaufen. Vorbei an leer stehenden Geschäften und herumlungernden Jugendlichen. Trotz der Hitze hatte Robert den Kragen seiner Windjacke hochgeschlagen. Er hatte die Hände in den Hosentaschen vergraben und die Schultern bis zu den Ohren aufgebockt, einzig getrieben von der Lust zu laufen, davonzulaufen, wegzulaufen. Manchmal schaute er sich um, als wäre da jemand. Jemand der sich an seine Fersen heftete.

„Sieh niemals zurück", hatte Hendrik ihm gesagt. „Immer den Blick fest nach Steuerbord gerichtet. Du kannst nicht vor dir selbst davonlaufen." Dabei hatte er ihn angesehen, als wüsste er alles über ihn.

Robert beachtete die Spielhallen und Videoläden nicht, die ebenso wie Arztpraxen und Fahrschulen die einstige Einkaufsstraße erobert hatten. Übriggeblieben war der Ceylan-Grill und als letzte Lebensmittelbastion eine Bäckerei. Er sog den verführerischen Kuchenduft ein, als er an ihr vorbeistrich, schloss einen genussvollen Moment lang die Augen und prallte gegen etwas Gewaltiges. Er riss die Augen auf und sah eine alte

Frau von großer Körperfülle in einem Blümchenkleid. Normalerweise hätte er „'tschuldigung" gemurmelt und wäre mit gesenktem Kopf weitergeeilt. Besser nicht so genau hinsehen, um selbst nicht wahrgenommen zu werden, war sein Motto. Ein Stück Freiheit. Aber das Gesicht der Alten fesselte seine Aufmerksamkeit. Fasziniert bemerkte er, dass es keine Augen hatte. Kurze helle Wimpern skizzierten eine Linie, wo die Augen hätten sein müssen. Der Mund in diesem Gesicht öffnete und schloss sich derart, dass er einem Fisch auf dem Trockenen ähnelte. Neben der Frau lagen zwei vollgefüllte Plastiktüten und eine aufgesprungene Handtasche auf dem Boden. Robert wollte mit einem großen Schritt über den herausgekullerten Inhalt hinwegsteigen und machen, dass er davonkam. Aber der Anblick einer prallgefüllten Geldbörse ließ ihn zögern. Er kniete sich auf das dreckige Pflaster und nahm ehrfürchtig das schwere Portemonnaie auf. Er wog es einen Moment lang in seinen Händen, dann drückte er den Schnappverschluss auseinander und hätte fast vor Freude laut aufgeschrien. Es enthielt Hunderteuroscheine, ausschließlich Hunderteuroscheine. Robert sah zu der Frau hin, die sich, Halt suchend, an die Hauswand presste und der langsam die Luft ausging. Neben dem Portemonnaie lag ein Inhalationsspray. Roberts Hirn arbeitete auf Hochtouren. Den Spatz in der Hand – seine Finger konnten die Geldbörse kaum umschließen – oder ... er griff nach dem Spray und drückte es der Frau zwischen die Lippen. Sie sog heftig daran, ihre Lider öffneten sich einen Spalt breit und ihre Gesichtsmuskeln entkrampften.

Robert hatte die Tüten aufgenommen,
Martha stützend unter den Arm gefasst und sie nach Hause begleitet.

„Wie heißt du, Jungchen?", hatte sie gefragt.

„Kühn. Robert Kühn."

„Kommst mich mal besuchen?"

Der Geldschein in Roberts Hand hatte ihn animiert, „Ja" zu sagen. Nach kurzer Zeit zog er aus der Mietwohnung, die er sich schon lange nicht mehr leisten konnte, zu Martha unters Dach. Sie verlangte nicht viel von ihm. Er erledigte die Einkäufe für sie und hin und wieder spielte er Monopoly mit ihr. Oder er lauschte den Erzählungen aus ihrer Vergangenheit. Und niemals verließ Robert die Wohnung, ohne das angenehme Knistern eines Geldscheines in seiner Hand.

Dienstag, 11.11. – 09.00 Uhr

Seit dreizehn Tagen war die Frau früh auf den Beinen gewesen. Heroisch hatte sie die modernen Plagen, die einem zeitigen Tagesbeginn anhafteten, ertragen. Doch wenn sie mittags den Bus nach Hause nahm, war sie so tief im Minus wie ihr Girokonto. Sie hockte auf ihrem Zeitungsthron und blätterte durch die Notizen. In den vergangenen Tagen hatte sie festgestellt, dass der junge Mann montags und freitags um neun Uhr, mittwochs dagegen die Villa eine Stunde früher verließ. Der Tag, an dem die Putzfrau zweimal klingelt, hatte sie ihrem Kalender kichernd anvertraut. Sie las den Vermerk: ‚Rückkehrzeiten verschieben sich bis zu 20 Minuten'. Nicht ungefährlich, dachte sie. Entdeckt zu werden, wäre katastrophal. Sie schrieb: ‚Zeitlich ausreichend Spielraum einkalkulieren' und machte ein dickes Ausrufungszeichen dahinter.

Nachmittags durchstreifte der junge Mann in unregelmäßigen Abständen den Ort. Anfangs war sie ihm nachgegangen und hatte herausgefunden, dass er wie aufgezogen eine immer gleiche Strecke ablief, ohne die Auslagen in den Schaufenstern zu betrachten, ohne Halt an einer Imbiss- oder Dönerbude, ohne ein einziges Mal in der Spielhalle einzukehren. Blicklos ging er an der Praxis des Internisten und des Zahnarztes vorüber, lief die lange Straße bis zum Ende, drehte ab, nahm den Weg an den graffitiverschmierten Hochhäusern vorbei, den von Müll flankierten Trampelpfad durch ein Wäldchen zurück zur Villa. Sie war ihm so lange gefolgt, bis sie sicher war, dass er niemanden traf, niemanden besuchte und ihn außer dem Discounter, in dem er einkaufte, kein anderes Geschäft interessierte.

Es hatte an ihren Kräften gezerrt. Sie dachte, sie würde es nicht schaffen. Sie malte sich aus, auf offener Straße zusammenzubrechen und sich ins Krankenhaus fahren zu lassen, zu einer warmen Mahlzeit und in ein warmes Bett. Es war ihr jedoch klar, dass dies nur eine kurzfristige Lösung wäre.

Sie hatte genug erfahren und nach zwei Wochen beschlossen, das Geschehen wieder ausschließlich vom Wartehäuschen aus zu beobachten.

Es war leicht gewesen, die Frau, die ihr Fahrrad am Mittwoch vor der Villa abstellte, im Haus verschwand und es nach drei Stunden wieder verließ, als die Putzfrau zu identifizieren. Sie hatte gesehen, wie sie die Fenster der Reihe nach einseifte und abledderte, die Außen-treppe schrubbte und das Wischwasser in hohem Bogen in den Pflanzkübel schüttete. Nun musste sie unbedingt noch herausfinden, ob die Putze eine Fremde oder eine Verwandte war.

Kein Briefträger. Niemand erhielt Post. Ein Schild am Briefkasten verbot den Einwurf von Werbung. Keine Besucher. Nur einmal der Kurierdienst einer Apotheke, den der junge Mann an der Tür abfertigte.

Die Villa lag abseits, inmitten eines weitläufigen, verwilderten Gartens. In einer Entfernung von der Länge eines Fußballfeldes lagen die wenigen Häuser, die man als Nachbarschaft hätte bezeichnen können.

Wie allein sie ist, dachte die Frau. Schrecklich allein. Nur der Junge und die Putze. Gut für mich. Das macht es leichter.

Abends versuchte sie, die Lichter in den Fenstern zu deuten. Das Dachfenster trug einen grauen Schein, der ab und zu flackerte. Nicht der Fernseher, dachte sie, dazu bleibt das Licht zu konstant. Computerbildschirm. Der Junge hängt die ganze Zeit vor dem Computer. Manchmal sah sie den Schattenriss des Jungen im Fenster. Den langen Rücken gekrümmt im künstlichen Licht. Abends sah sie durch das ebenerdige große Fenster, das von Kakteen gesäumt war, den Jungen, ebenso gekrümmt über einem Brettspiel und die unförmige Frau auf dem Sofa, bis der Junge aufstand und die Vorhänge zuzog. In letzter Zeit versperrte er ihr die Sicht immer früher, als ahnte er, dass jemand ihn aus der Dunkelheit heraus beobachtete.

Der Park, der dem Wartehäuschen Rückendeckung gab, vereinsamte. Die Bäume waren kahl geworden und die

Zweige knarzten und knatschten in der feuchten Luft. Der Bouleplatz lag verlassen, die Holzbänke glänzten dunkel vor Nässe. Aus einem der Gärten klang das erbärmliche Jammern einer Katze.

Als die Frau Busscheinwerfer sah, drückte sie sich weit nach hinten in das Wartehäuschen. Leute stiegen aus und eilten davon. Keiner von ihnen beachtete die Frau, deren Gesichtszüge so grau und aufgeweicht waren, als gehörten sie zum Tiefausläufer der Wettervorhersage.

Die Dicke verlässt das Haus nie. Kümmerst dich wohl um alles. Ist es reine Nächstenliebe, mein Junge, oder hoffst du darauf zu erben? Die Lippen der Frau formten tonlose Sätze.

Sie fragte sich, ob er ihr Schwierigkeiten machen würde. Bejahte die Frage und stellte fest, dass es doch etwas gab, wovor sie sich fürchtete.

Sie taumelte steifgefroren aus dem Wartehäuschen, prallte gegen das Haltestellenschild, das sie umklammerte, bis der Bus kam, der sie nach Hause brachte.

Mittwoch, 12.11. – 8.00 Uhr

„Oh, nein!" Robert quirlte die Eier schneller. Er stellte die Herdplatte höher. Die Butter schmolz viel zu langsam in der Pfanne. Durch das Küchenfenster sah er Herta Hagen, Marthas Putzfrau, auf das Haus zukommen. Klapperdürr, die Haare, fein und weiß wie Mehlstaub, unter ein Kopftuch gezurrt, schob sie ihr Fahrrad den plattierten Gartenweg entlang. Verfaultes, nasses Laub lag auf den Steinen. Brich dir das Genick, dachte Robert. Er goss die verquirlten Eier in die Pfanne. Fett spritzte auf. Robert fluchte.

Normalerweise vermied er es, Herta Hagen zu begegnen. Aber heute wollte Martha plötzlich Eier mit Speck, gebratene Würstchen, Toast und Tee zum Frühstück statt Brötchen und Kaffee. Robert schüttelte es bei der Vorstellung, frühmorgens schon Gebratenes zu essen. Sie sieht zu viel fern, dachte er. Diese neue englische Serie macht sie ganz gaga. Er sah, wie Herta Hagen das Rad mit einer energischen Geste gegen die Hauswand lehnte. Roberts Chance zu entkommen war gleich Null. Herta näherte sich. Bewehrt mit froschgrünen Gummihandschuhen und startbereitem Putzlappen stellte sie sich dicht neben Robert und warf ihm ihre interpunktionslosen Sätze entgegen. Eingeschnürt in Endlosschleifen über den Gatten, der sich feige aus dem Staub gemacht hatte, den armen Edgar, der nicht genesen wollte, die Unfähigkeit der Ärzte, ihren täglichen, unermüdlichen Kampf ums Überleben und die Tochter, die nach ihrer Heirat ins Ausland nie wieder von sich hören ließ, rang er verbissen um die opulente Frühstückszubereitung, bis Hertas Geschwätz wie ein Knebel sein Gehirn verstopfte und er geistig zu ersticken glaubte.

„Undank Undank das ist der Lohn man plagt und rackert sich die eigene Familie aber lässt einen im Stich Herr Robert doch Sie sollten Edgar erleben so schwach dass er die Hand kaum heben kann und trotzdem bemüht meine zu fassen und dankbar zu drücken ach was sage ich ein Schmetterlingsflügel könnte kräftiger zudrücken dabei blickt er mich an wie soll ich das beschreiben …"

„Ich muss pissen", sagte Robert grob, stellte den pfeifenden Wasserkessel, den er wie ein Wurfgeschoss gehalten hatte, auf den Herd zurück, schob Herta beiseite und knallte die Tür hinter sich zu. Vergebens. Wortfetzen flogen mit ihm. Schreiende Möwen um einen Fischkutter. Er floh auf die Toilette, hockte auf dem Pott und lauschte ängstlich nach draußen.

Die Hagen war ihm zuwider. Sie roch wie seine Pflegeeltern, nach Armut und billigem Essen. Nach dem Mief enger Lebensverhältnisse. Sein empfindliches Bewusstsein witterte jedoch noch etwas anderes. Hinter ihren leeren Nussschalenaugen und den resignierten Gesichtszügen nahm es eine Gier wahr, die darauf lauerte, ihren Anteil am Leben an sich zu reißen. Eine Gier, die seiner eigenen so ähnelte.

Vor der Toilette blieb es still. Roberts Herzschlag normalisierte sich. Er drehte schon den Schlüssel, da hämmerte es an die Tür:

„Sagen Se mal wie groß ist denn das Geschäft was soll denn mit dem heißen Wasser wenns länger dauert kann ich auch ist das für Tee oder was ich kann Tee kochen prima Tee hab nen VHS Kurs besucht Martha hat die Augen zu weiß nicht ob sie schläft oder heee sind Sie da drin ...?!"

„Nein!" Das Wort schlug durch die Tür wie eine Faust. Getroffen, dachte er, als es davor still blieb. Er wagte es, herauszutreten und verließ fluchtartig das Haus.

Herta hörte das Gartentor quietschen und sah Robert nach. Verfolgte den Krauskopf, der über die Gartenhecke ragte, wie er daran entlangwippte, um eine Ecke bog und verschwand. Sie machte Marthas Frühstück fertig. Dann stiefelte sie, den Wischmopp unter den Arm geklemmt, den Putzeimer in der Hand, ins Dachzimmer.

„Dacht ichs doch!"

Hertas Augen wieselten über den Monitor.

„Mal sehn was dieser Nichtsnutz wieder ersteigert das kann der gar nicht bezahlen glaub mir." Sie sprach in die rot-weißen Lappen ihres Wischers, auf dessen Stiel sie sich aufstützte. „Der bestiehlt die Alte oder erbt alles wickelt sie um den Finger tut so fürsorglich bah die Schleimspur schafft kein Cillit Bang." Sie beugte sich weiter vor, sah das zu versteigernde Objekt, die Summe und wusste, dass sich hinter „Hendrik" das Bürschchen verbarg. Nichts entging ihr und schon gar nicht diese komische Freundschaft des Krauskopfes mit Hendrik.

„Da schlag einer lang hin", wetterte sie, „dieser Taugenichts dieser Lump steigert um ein Luxusboot." Sie sprach in den Wischmopp, als sei er ein Mikrofon bei Stern TV, wo sie ihr vom Schicksal gebeuteltes Leben ausbreitete.

„Die Dicke hat Geld hat sich mal verplappert von wegen im Alter bestens versorgt sein aber so ne Alte braucht kein Geld für das bisschen Leben was se noch hat ist ungerecht mächtig ungerecht ich und mein Bube habens nötiger und der Junge kriegts auch nicht verschleuderts nur sinnlos der Spinner der aber warte Bürschchen die Rechnung machst du ohne mich ich find schon raus wie du dir das Vermögen der Dicken erschleichen willst." Dabei grasten ihre Blicke das Zimmer ab, als gäbe es dort den Goldschatz zu entdecken oder zumindest die Schatzkarte dazu.

Mittwoch, 12.11. – 11.00 Uhr

Das Taxi kostete ein Vermögen. Aber im Nachhinein war der Frau klar, dass ihr Instinkt sie nicht im Stich gelassen hatte. Die Investition hatte sich gelohnt.

Die Frau hatte aus einer öffentlichen Telefonzelle angerufen und das Taxi zu elf Uhr in die Marienstraße 10 bestellt. Um elf Uhr verließ die Putzfrau normalerweise Martha Grubers Villa. Pünktlich hielt der Wagen an der Bushaltestelle gegenüber. Die Frau stieg ein.

„Wohin?"

„Weiß ich noch nicht!"

Der Taxifahrer verdrehte die Augen. Er fummelte eine Zigarette aus der Hemdtasche und zündete sie an. Nach ein paar hastigen Zügen machte er sie im Aschenbecher aus, der unter dem Schild am Armaturenbrett angebracht war, das „Dieser Wagen ist rauchfrei" verkündete. „Scheiß Nichtraucher", schimpfte er.

„Stinkstiefel", knurrte die Frau auf dem Rücksitz und hätte selbst gerne eine geraucht, denn die Putze erschien nicht. Krank? Freier Tag? Ausgerechnet heute! Der Taxameter lief. In der Frau stieg Hass auf. Sie fixierte das Gartentor und grummelte unentwegt „Komm schon!", als könnte sie damit die Putzfrau herbeizaubern.

Endlich schob sie mit fünfzehnminütiger Verspätung ihr Fahrrad durch das Tor, stieg auf und radelte los. „Folgen Sie dem Fahrrad!"

„Steigen Sie aus!" Der Taxifahrer wies auf die Tür. Die Frau hielt ihm einen Zwanzigeuroschein hin.

„Das ist nur das Trinkgeld. Fahren Sie schon los. Oder haben Sie Angst?"

„Schwachsinn." Der Fahrer griff nach dem Schein und startete durch.

Die Putzfrau flitzte in hohem Tempo auf den Fahrradwegen dahin. Das langsam fahrende Taxi, das sich auf Sichtweite an ihre Radspeichen heftete, fiel im dichten Stadtverkehr nicht auf. An der großen Kreuzung bog sie, die rote Ampel missachtend, scharf nach rechts ab und fegte in die lange, geradeaus verlaufende Straße.

Noch war es möglich, der Putzfrau durch den dichten Verkehr unauffällig zu folgen, zumal für sie Ampeln, die Rot zeigten, bedeutungslos waren. Plötzlich jedoch zog sie das Rad ohne Vorwarnung nach links und bog in einen Feldweg ein.

„Sind Sie blind!", fauchte die Frau den Taxifahrer an, der geradeaus weiterfuhr.

„Kann hier nicht wenden."

„Soll ich fahren?"

Der Taxifahrer fluchte, startete ein riskantes Wendemanöver und bog in den Feldweg.

„Stopp!", rief die Frau.

Der Fahrer hielt. „Was nun, Miss Daisy?"

„Warten."

Erst als die Putzfrau in der Ferne auf Puppengröße geschrumpft war, befahl die Frau weiterzufahren. Nach einer Biegung stellte sie fest, dass die Putze aus ihrem Blickfeld verschwunden war. Glücklicherweise gab es keine Abzweigungen. Der Wagen holperte jetzt auf einer Schotterdecke entlang, Zufahrt zu einem Neubaugebiet. Ehemals Äcker und Wiesen, auf denen demnächst glückliche Familien in den eigenen vier Wänden wohnten. Raus aus der Stadt, der Mietwohnung. „Leben auf dem Land. Naturnah. Kinderfreundlich", warb ein riesiges Plakat, das an hölzernen Stelzen befestigt war. Darunter war die Anzahl der freien Wohneinheiten angegeben und die Telefonnummer des Architekten.

„Ich liebe den menschlichen Genius!", sagte die Frau. „Die Natur vernichten, damit man naturnah wohnen kann." Sie kurbelte die Scheibe herunter und steckte den Kopf raus.

„Fahren Sie langsamer!", befahl sie dem Taxifahrer. Sie hoffte das abgestellte Fahrrad zu entdecken.

Die meisten der Einfamilienhäuser befanden sich noch im Rohbau. Vor den wenigen, die bewohnt aussahen, türmten sich Erdhügel in den Minigärten, überwuchert von verblühtem Unkraut. Hinter der Lärmschutzwand surrte die Autobahn. Weit und breit war weder die Putzfrau noch das Fahrrad zu sehen. Das Baugebiet endete ebenso wie die Lärmschutzwand an einer großen Wiese. Dahinter lag einsam, inmitten eines ungepflegten Grundstücks, ein Bauernkotten. Das passt, dachte die Frau und sah im selben Augenblick das Fahrrad.

„Halt!", schrie sie und schoss nach vorne, als der Fahrer in die Bremse trat.

„Das gibt ne Beule", sagte sie und rieb sich die Stirn.

„Nicht angeschnallt gewesen." Der Fahrer grinste breit. Die Frau stieg kommentarlos aus und reichte ihm das Geld. Als das Taxi außer Sicht war, entfernte sie die eisengraue Perücke mit dem Omadutt, die aufgeklebte Knollennase und die riesige Hornbrille mit dem Fensterglas. Sie wuschelte durch ihren Bubischnitt und verstaute ihre Requisiten in der braunen Tasche. Wieder einmal bewunderte sie Erich und seinen Fundus außergewöhnlichster Sachen. Dann steuerte sie eines der leer stehenden Häuer an und ließ sich auf einem verwaisten Gartenstuhl nieder. Eine Wachholderhecke schirmte sie gegen das Bauernhaus ab. Sie hatte von Erich zwei Zigaretten geschnorrt und dachte, es sei ein guter Augenblick, eine davon zu opfern. Die Zigarette zitterte zwischen ihren blassen Lippen. Viel Gas war nicht mehr im Feuerzeug und die Frau schützte die mickrige Flamme mit der Hand gegen den Wind. Sie sog den Rauch tief ein. Hart traf er ihre kaputten Lungen. Sie hustete, spukte und inhalierte, als wäre es reiner Sauerstoff. Bevor sie auf dem Gartenstuhl festfror, radelte die Putzfrau wieder vorbei, das Kopftuch tief ins Gesicht gezogen, stemmte sie sich gegen den aufkommenden Wind. Am Himmel formierten sich erste dunkle Wolken. Auftakt zum nächsten Regenguss.

Von Erich hatte die Frau den Dietrich. Aber die Holztür, die langsam verfaulte, wäre sowieso kein großes Hindernis gewesen.

Im Flur abgewetzte Fliesen. Die Wände gekalkt, wahrscheinlich mal weiß. Alle Sinne konzentriert. Die Frau sog die Luft ein. Modrig, ein Rest Kaffegeruch. Lauschte. Ein röchelnder Laut aus dem ersten Stock war das einzige Geräusch. Bedächtig setzte sie einen Fuß vor den anderen und linste durch die offenstehende Tür in die Küche. Der Tisch war kaum sichtbar unter den Reiseprospekten, deren aufgeschlagene Seiten alle mallorquinische Sonne und Strände zeigten. Wäre auch mein Ziel. Die Frau strich über die Bilder, fühlte die Wärme und vernahm das sanfte Plätschern der

Wellen. Dann erinnerte sie sich an ihr Vorhaben und ging leise zu den anderen Zimmern, warf einen raschen Blick hinein. Wohnstube, Kammer, Bad. Ein eisiger Hauch traf sie aus dem leerstehenden Stall, der direkt an die Wohnung grenzte. Nirgendwo eine Menschenseele. Nur das Röcheln aus dem oberen Stockwerk. Sie stieg die Treppe hoch. Vorsichtig. Prüfte jede Stufe. Die fünfte. Knarren. Schnell zog sie den Fuß zurück. Lauschte. Nichts regte sich. Sie tastete die sechste Stufe ab, fluchte innerlich und schwang sich in einer akrobatischen Höchstleistung auf die siebte. Dabei ächzte sie so laut, dass das Knarren weniger auffällig gewesen wäre. Mit angehaltenem Atem erwartete sie das Erscheinen der Person, die sich hier oben aufhalten musste. Als sich nichts rührte, wagte sie den Schritt in den Raum, aus dem sie die röchelnden Laute vernommen hatte.

Bislang hatte alles ärmlich auf sie gewirkt. Nun sah sie den Jungen. Er lag wie betäubt im Bett und gab pathologische Atemgeräusche von sich. Unter seiner Nase hingen ein paar Blutstropfen und die Frau fand eine silberne Schnupftabakdose mit weißem Pulver und farbige Pillen mit stilisierten Bildern auf dem Nachttisch. Die hat nicht der Arzt verschrieben, vermutete sie. Sie musterte die anderen Packungen und Fläschchen, die Schmerz- und Beruhigungsmittel enthielten. Sie durchsuchte die achtlos über einen Stuhl geworfenen Kleidungsstücke. Das Hemd war reine Seide. In der Brusttasche ein Kondom. In den Taschen des Leinenjacketts steckten zerknüllte Rechnungen aus verschiedenen Bars. Aus der maßgeschneiderten Hose schüttelte sie Geldscheine. Sie sammelte sie auf, überlegte eine Weile und steckte sie wieder in die Hosentaschen. Das nenn ich ein Leben, dachte sie, und zwar ein teures. Dann sah sie die Hände des Jungen. Wenn der arbeitet, bin ich Queen Elisabeth. Wahrscheinlich ist er von Beruf Sohn einer irregeleiteten Vollmutter.

Das reichliche Frühstück auf dem kleinen Tisch hatte der Junge nicht angerührt. Da ihr Magen knurrte, schlang sie die Hälfte der Köstlichkeiten runter, schmierte noch zwei Brötchen zum mitnehmen und kehrte per Pedes und Bus in die Stadt und ihre schäbige Mietwohnung zurück, ohne zu ahnen, wie glücklich sie Herta gemacht hatte, die glaubte, ihr Sohn hätte endlich mal was gegessen.

Zu Hause angekommen, zog sie die Turnschuhe aus, wickelte die eiskalten Füße in die graue Decke aus dem Bestand der Bundeswehr und kroch ins Bett. Auf Dauer, sinnierte sie, würde die Putze das Lotterleben ihres Söhnchens nicht finanzieren können. Sie musste sie im Auge behalten.

Sie schaltete den Fernseher ein und ging mit dem Traumschiff auf Reisen. Die Anspannung der letzten Stunden fiel von ihr ab. Auch wenn ihr bewusst war, dass sie eine Sache noch erledigen musste. Ein Vorhaben, das schwer auf ihr lastete.

Freitag, 14.11. – 09.00 Uhr

Heute wagte sie es. Sie sah dem Krauskopf nach, bis er außer Sichtweite war. Sie blickte sich nach allen Seiten um, versicherte sich, dass die Straße menschenleer war, dann ging sie zu dem Tor, das im hinteren Teil von Martha Grubers Garten lag. Unsicher tappte sie auf dem laubverschmierten Steinweg entlang zur Terrassentür, die weit aufstand. Solange, bis der Junge heimkehrte und sie schloss. Der Frau blieb etwa eine Stunde Zeit.

Sie betrat das Esszimmer. Dunkle, altmodische Möbel. Zwölf Stühle um einen ausladenden Tisch auf massiven Beinen. Die Polster der Stühle sahen aus wie neu. Hat wohl nicht oft Besuch gehabt, dachte die Frau und hätte sich gerne auf einen der Stühle gesetzt und eine geraucht. Dabei würde sie sich ausmalen, wie eine Familie, die sie nie hatte, und Freunde an diesem Tisch sitzen. Sie essen und trinken. Wein funkelt in kristallenen Gläsern. Köstlicher Duft nach Essen, Kerzenlicht, leise Musik, angeregte Unterhaltung. Schön kitschig, dachte sie. Aus dem Nebenraum dröhnte der Fernseher. Der Lärm war nützlich. Er schluckte das Geräusch der Gummisohlen. Die Frau ging auf das Wohnzimmer zu, das durch einen offenen Durchgang mit dem Esszimmer verbunden war.

Der Anblick des Klaviers an der hinteren Wand wirkte magisch. Damit hatte er sein Geld verdient. Pianomann in einer schäbigen Bar nach einem mittelmäßigen Abschluss an der Musikhochschule. Hauslehrer desinteressierter Gören, denen er tagsüber Klavierunterricht gab, bis die Spielsucht sein Leben bestimmte.

Den Lebenslauf hatte Fritz Maler, ein Privatdetektiv, für sie zusammengestellt.

Sie hatte diesen Privatdetektiv gewählt, weil sein Büro in der schäbigsten Ecke der Stadt lag. Unbekümmert war sie durch das Viertel spaziert, das ihrem Wohnghetto ähnelte und in der Politikersprache „sozialer Brennpunkt" hieß.

Sie war die vielen Stufen zu seinem Büro hinaufgestiegen. Die Tür zum Büro fügte sich harmonisch in die Reihe der zerkratzten Wohnungstüren auf dem langen Gang ein und die gelbliche Ölfarbe, die von den Flurwänden blätterte, zierte auch die Wände des Büros. Auf dem Schreibtisch, ein Teil vom Sperrmüll, wie sie vermutete, lagen Zettel verstreut. Fritz Maler hatte von seinen Notizen aufgesehen, die Brille hochgeschoben und ein Gesicht gemacht, als verstünde er die Welt nicht mehr.

„Wahrhaftig, wenn einer weiß, dass das Leben nicht fair ist, dann ich. Dieser Klavierheini ist ein Versager, wie er im Buche steht. Wird spielsüchtig. Natürlich verliert er, macht Schulden. Steht kurz vor dem Aus und dann ..." Fritz Maler suchte nach einem Taschentuch. Fand keins, hielt ein Nasenloch zu, blies kräftig durch, wechselte blitzschnell die Seite, presste den anderen Nasenflügel zu und schnäuzte mit Schwung in den Papierkorb, was die Luftzufuhr behindert hatte. „Und dann", nahm er den Satz schnüffelnd wieder auf, „stolpert die Glücksgöttin über ihn und verliert dabei den Inhalt ihres Füllhorns an den Trottel. Wahrhaftig, das Glück ist eine Hure." Er hatte sie so wütend angeschaut, als sei sie selbst die ungerechte Fortuna.

Die Frau lächelte der Erinnerung hinterher. Ein Grund mehr, die Villa des Trottels und ihre Bewohner zu beobachten.

Im Fernseher lief eine amerikanische Krimiserie. Die Frau tastete in der Manteltasche nach der Pistole. Wie ein Stück Eis lag das Metall in ihrer Hand. Der Koloss auf dem Sofa schien zu schlafen. Die Frau trat ganz nahe an die unförmige Gestalt heran. Sie lauschte den mühevollen Atemzügen. Ihr Blick ruhte auf dem massigen Körper, wanderte zu der rötlichen Linie der Wimpern, hinter denen die Augen unsichtbar waren, streifte das weiße, mit bunten Klipsen zusammengesteckte Haar. Erst die Tränen auf ihren Wangen, die sich unter ihrem Kinn sammelten und auf die Schlafende tropften, brachten sie dazu, sich von dem Anblick zu lösen. Sie durchquerte eilig den Raum, stieg die Stufen zur Dachkammer hoch und betrat das Reich des Krauskopfes.

Sie erschrak durch ein Rumpeln, dem ein lautes Knurren folgte, dann konstantes Brummen. Der Kühlschrank war angesprungen. Sie ging an der Küchenzeile entlang, schaute in das dickbäuchige Monster, sah, dass es leer war, und begutachtete dann die Bücher im Regal. Reiseberichte, Abenteuer, ferne Länder.

Sie inspizierte den Schrank im Schlafzimmer. Nur wenige Kleidungsstücke. Ziemlich abgenutzt. Der prallgefüllte Rucksack machte sie neugierig. Seekarten, Kompass, wetterfeste Kleidung, deren ausgezeichnete Qualität sie fühlte und roch. Teuer roch sauber. Teuer roch nach einem aufrechten Gang. Teuer roch nach dem Respekt anderer Leute. Sie schloss die Augen und sog den Geruch tief ein. Aber er passte nicht zum Rest der Wohnung. Bescheiden, urteilte sie über das Ambiente. Armselig, geduckt, unscheinbar. Der Widerspruch machte sie misstrauisch.

Im Wohn-Arbeitszimmer fixierte sie den PC, dessen Monitor ein Unterwasserbild schonte. Die Frau wackelte mit der Maus, der Bildschirmschoner verschwand. Sie kniff die Augen zusammen, als traue sie ihnen nicht. Eine Versteigerung, ein Boot, hohe Summen,

unter anderem von einem Hendrik. Sie hatte mit Erich im Seniorentreff ab und zu bei eBay etwas ersteigert, so dass sie wusste, dass der sichtbare Nickname nur dem Jungen gehören konnte. Ist er verrückt, dachte sie, oder nur ein Träumer? Was passiert, wenn träumen ihm nicht mehr genügt?

„Ich werde dich im Auge behalten, mein Junge", murmelte sie in das Summen des Rechners, verließ die Dachstube, hielt inne, öffnete die Flurtür einen Spalt breit, hörte die Dicke schnarchen und ging, so schnell ihr erschöpfter Körper es erlaubte, aus dem Haus.

Freitag, 14.11. – 15.00 Uhr

Veronica liebte den Palast aus Glas und Stahl, in dem sie seit ihrer Heirat mit Gerald Desario wohnte. Sie empfand ihn als wohltuenden Kontrast zu dem alten Gemäuer, in dem sie aufgewachsen war. Er war sachlich, praktisch und emotionslos. Er schrie nicht ständig nach einem Handwerker oder einer Do-it-your-self-Aktion. Die Einrichtung war nüchtern und funktionell und Veronica bewegte sich in den Räumen ebenso klar strukturiert. Sie spürte die klinische Reinheit körperlich. Das Gefühl wunderbarer Sauberkeit durchströmte sie jeden Tag aufs Neue, wenn sie die weißen Vorhänge von den Fenstern zog, in der Hochglanzküche Frühstück machte, sich auf den Edelstahlstuhl an den Glastisch setzte, Gerald, glattrasiert und herb duftend, gegenüber. Daneben Lilian, vor Müsli und Vitamindrink, den sie lautlos schluckte. Veronica liebte dieses Bild, sie liebte das Haus – bis Gerald sich immer seltener zu Hause aufhielt. Dass er den größten Teil seiner Zeit in der Firma verbrachte, daran hatte sie sich gewöhnt. Aber dann kaufte er die Jacht. Seitdem verbrachte er die Wochenenden dort, meistens im Kreis seiner Klientel.

,Mit Vergnügen lassen sich bessere Geschäfte machen' war sein Credo.

Immer öfter lag Veronica nachts wach, neben sich sein leeres Bett. Seit einiger Zeit schlief Gerald sogar in der Firma. In solchen Nächten ließ sie die Nachttischlampe brennen. Das Licht reflektierte im Spiegel, der an der Decke über dem Bett hing. Veronica blickte solange in den Spiegel, bis er zurückblickte und sie auf die bräunlich rote Narbe reduzierte, die sich, schlecht verheilt, vom linken Wangenknochen in den Mundwinkel zog.

Es wollte nicht heller werden. Wie eine graue Wolke hatte der ganze Tag Veronica eingehüllt und nun erwartete Gerald, dass sie die liebenswürdige Gastgeberin spielte. Sie drapierte ihr langes blondes Haar, bis es wie ein goldener Helm aussah, schminkte ihr Gesicht mit zarten Farben und tupfte nur etwas mehr Make-up auf die bläulichen Schatten unter ihren Augen. Dagegen gab sie sich nicht die geringste Mühe, die Narbe zu verdecken. Sie kleidete sich an. Der graue Hosenanzug und die sportliche weiße Bluse wurden der Tageszeit gerecht. Dann stellte sie zwei Gläser und die Karaffe mit dem Sherry aus ihrem Spanienurlaub auf das Silbertablett. Wie ein Mannequin auf dem Laufsteg schritt sie auf den Salon zu. Eine Gangart, die unauslöschlich in ihr steckte aus der Zeit, als sie für große Modehäuser als Modell gearbeitet hatte.

Sie hielt das Tablett ungeschickt. Die Gläser rutschten. Klirren. Mit angehaltenem Atem lauschte Veronica in Richtung Salon. Kein bissiger Kommentar drang zu ihr. Sie rückte die Gläser auf dem Tablett zurecht, stieß mit der Fußspitze einen Flügel der Salontür auf.

„Du weißt, was du mir versprochen hast? Wenn du nicht …"

Der Mann, der die Worte gesprochen hatte, brach den begonnenen Satz abrupt ab und strahlte sie an

„Ah, die Frau des Hauses."

Theo Meyer war höchstens einen Meter siebzig groß. Ein stämmiger Mann, den der teure, sportive Dress nicht lässig, sondern lächerlich wirken ließ. Er sah älter aus als Mitte vierzig. Aber er war überzeugt davon, dass sein Charme jede Frau umwerfen müsse. Seinen mittelständischen Handwerksbetrieb hatte er zum Großunternehmen ausbauen können, nachdem er plötzlich an lukrative Aufträge gekommen war.

Obwohl er Veronica an der Haustür schon mit einem eleganten Handkuss begrüßt hatte, erhob Theo Meyer sich halb von der Couch, verbeugte sich nochmals und bedankte sich wortreich für ihre Gastfreundlichkeit, als sie das Tablett abstellte. Veronica schenkte ihm ein höfliches Lächeln und hoffte, dass er nicht bemerkt hatte, wie sie nach dem Handkuss ins Badezimmer geeilt war, wo sie fast eine Bürste genommen hätte, um sich die Hände abzuschrubben. Denn schließlich war Theo Meyer zurzeit der potenteste Kunde ihres Mannes, den man bei Laune halten musste.

Gerald, der Theo Meyer gegenübersaß, zog ein mürrisches Gesicht und mit einer ungeduldigen Handbewegung fragte er:

„Und die Zigarren?"

„Entschuldige Lieber, ich hole sie sofort."

Veronica eilte aus dem Zimmer, ließ aber die Tür angelehnt. Sie hörte die Stimme ihres Mannes:

„Was ich verspreche, halte ich auch. Darauf konntest du dich immer verlassen oder?"

Veronica drückte sich an die Wand neben der Tür und lauschte dem Gespräch der Männer.

„Diese Narbe …? Ist doch heute kein Problem mehr. Und bei deinem Einkommen."

„Ja, ja!" Geralds Stimme klang ärgerlich. „Sie sträubt sich vehement gegen eine Operation."

„Lass dich scheiden!"

„Ich stecke bis zu den Haarspitzen in Arbeit. Da plage ich mich nicht zusätzlich mit einer Scheidung herum. Fürs Haus taugt sie. Allerdings lasse ich mich nicht mehr gerne in der Öffentlichkeit mir ihr sehen. Stell dir vor, Dr. Heyden, ein Kunde von mir, gab eine Party. Ich hatte Veronica gerade entschuldigt, da taucht sie auf. Platzt mitten in die Gesellschaft in einem unglaublich gewagten Kleid. Alle Blicke richten sich auf sie. Sie hängt sich an meinen Arm und trägt mit hoch erhobenem Kopf ihre Narbe wie ein Fanal. Grauenvoll. Ein schrecklicher Abend."

„Wie ist das eigentlich passiert."

„Ist eben passiert", knurrte Gerald, aber ich denke, wir sollten jetzt übers Geschäft reden."

Veronica hörte noch eine Weile zu. Dann schlich sie enttäuscht davon. Sie hatte nichts erfahren, was ihrer Ungewissheit ein Ende bereitet hätte.

Samstag, 15.11. – 09.00 Uhr

Seit acht Tagen zockte Robert. Unterbrochen von nervenaufreibenden Wartezeiten, in denen die anderen fünf Bieter in Lauerstellung verharrten, um dann Summen zu setzen, die Robert den Atem nahmen.

Im Pyjama, die Füße in Socken, saß er vor dem PC. Tauchte ein in den farblosen Glamour des Bildschirmes, wo s***n sich als ärgster Konkurrent entpuppt hatte. Er war mit 152.300,00 Euro Höchstbietender. Robert erhöhte sein Maximalgebot um 10.000,00 Euro und überholte den Gegner. Die anderen Bieter fielen weiter zurück. Robert stellte sich auf einen Zweikampf ein.

Vor dem Dachfenster hingen die Wolken wie dunkle Tränensäcke. Erste Windböen rüttelten an den Dachziegeln. Robert lauschte. Erwartete den Augenblick, in dem die alten Schindeln allesamt herunterrasselten.

Die Auktion trat auf der Stelle. Um die unerträgliche Schwere des Wartens zu überbrücken, zog er Hendriks Brief aus der Schreibtischlade. Abschiedszeilen. Die Ränder waren gewellt, so oft hatte Robert ihn in den Händen gehalten. Hendrik schrieb von der Sehnsucht nach seiner wahren Liebe: der Stille. Schrieb von der Schönheit des grenzenlosen Raumes und dem einzigen Geräusch, das er ertrug: den Wind in den Segeln.

Also hätte ich dich auch gestört, dachte Robert verbittert und weigerte sich, Hendriks Handeln zu verstehen. Hendrik hatte ihn verlassen. Schmählich zurückgelassen. Nur das zählte.

Er ließ den Cursor über das Bild der Motorjacht wandern. „Du bringst mich zu ihm", flüsterte er in den schnurrenden PC. „Ich gebe ihm eine letzte Chance. Nutzt er sie nicht, dann ..."

Er klickte zurück auf die Gebotsseite und sah, dass s***n die Nase wieder vorne hatte. Robert lächelte seinen Feind auf dem Monitor böse an.

„Ich krieg dich. Im letzten Augenblick schlag ich zu."

Wie hypnotisiert starrte er auf die Bildfläche, die seinen Traum präsentierte. Spielte mit der Illusion ihn zu verwirklichen. Zwang sich in die Realität zurück. Befahl sich selbst: „Ausschalten!"

Aber warum nicht mitspielen? Träumen bis zuletzt. Robert erhöhte sein Maximalgebot und zog an dem Gegner vorbei.

Samstag, 15.11. – 12.00 Uhr

Die Holzscheite krachten. Funken sprühten bis zu Gerald, der mit dem Eisen die Scheite im Kamin heftig auseinanderstieß. Er warf weiteres Holz in die Flammen, die aufloderten und bis in den Rauchfang schlugen. Erneut griff er nach einem Holzklotz.

„Willst du das Haus abbrennen?"

Veronica stand mitten im Zimmer und beobachtete die Szene.

„Ist ja mein Haus!"

Gerald erhob sich aus der gebückten Haltung. Seine Gesichtszüge waren hart und die Haut war mit Rußteilchen übersät. Er ging zum Sofa und ließ sich mit ausgestreckten Beinen darauf nieder. Mit einem Zipfel seines weißen Hemdes wischte er sich durchs Gesicht und nahm die Lektüre der Wirtschaftszeitung wieder auf.

Veronica setzte sich in den Sessel nahe dem glühenden Kamin. Fröstelnd legte sie eine Decke um ihre schmalen Schultern.

Zwei Lampen rahmten das Sofa ein. Ihr gelblicher Lichtschein zauberte Bronzetöne auf Geralds dunkelblondes Haar. Sein feingeschnittenes Gesicht hatte etwas Feminines, bis auf das Kinn. Es war wuchtig, als hätte ein gelangweilter Ästhet den Terror des Harmonischen zerschlagen wollen. Normalerweise achtete Veronica auf Augen und Hände eines Mannes. Doch an Gerald hatte sie das Kinn mit seinem Ausdruck unerschöpflicher Energie gefesselt. Dass dahinter ein unerbittlicher Mann steckte, der skrupellos im Durchsetzen seiner Interessen war, hatte sie erst später bemerkt. Damals, als sie sich kennenlernten, hatte sie den aufstrebenden Werbefachmann angehimmelt. Er entwarf Broschüren für verschiedene Modeveranstaltungen. Er hatte ihr, dem unbekannten Katalogmodel, besondere Aufmerksamkeit geschenkt. Dankbar nahm sie seinen Heiratsantrag an. Nach der Geburt ihrer Tochter wurden Aufträge selten, weil sie vergeblich gegen ein paar Pfunde zu viel ankämpfte, die in dieser Branche das Aus bedeuteten.

Veronica wickelte die Decke enger um ihre schlanke Figur. Sie dachte an Mirko, Lilians Vater, und spürte, wie weh es noch tat, sich an ihn zu erinnern. Obwohl er sich davongemacht hatte, weil ihm ein Auftrag im Ausland wichtiger gewesen war als das Kind. Gerald dagegen hatte sich fürsorglich um Lilian gekümmert. Allein dafür hatte sie ihn geliebt. Nach und nach jedoch hatte sie die Bedrohung in dieser Fürsorge begriffen.

„Ich will Lilian in ein Internat geben."

Veronica fiel es schwer, ihrer Stimme einen bestimmenden Ton zu verleihen.

Geralds Kopf fuhr hoch. Er warf das Wirtschaftsblatt klatschend auf den Tisch und sah sie aus schmalen Augen an.

„Was ist das für eine unsinnige Idee?"

„Sie wäre dort mit Gleichaltrigen zusammen. Du schirmst sie zu sehr ab."

Veronica fühlte sich wie ein Hase, der den Tiger angreift.

„Sie bleibt!" Es war ein Befehl.

Veronica atmete tief durch:

„Ich weiß, dass du sie jetzt schon in dein Geschäft reinziehen willst. Aber sie ist zu jung."

„Dafür ist sie keinesfalls zu jung."

Das „Dafür" legte sich wie eine Schlinge um Veronicas Hals.

„Aber", presste sie mühsam hervor, „wenigstens das Abitur …"

„Papperlapapp", schnitt Gerald ihr das Wort ab. „Dieser ganze hochgestochene Schulquatsch. Sie wird wie ich von der Pike auf lernen. In drei Jahren steigt sie bei mir in die Firma ein."

„Aber warum willst du ihr diese Möglichkeit nehmen?"

Veronica fühlte einen säuerlichen Geschmack in ihrem Mund.

„Weil sie von mir mehr lernen kann als von irgendeinem Herrn Doktor, dessen Kopf im Himmel voller Theorien steckt. Lilian ist wunderschön. Welche Möglichkeiten sie hat, erkenne ich am besten."

Veronica unterdrückte einen Brechreiz.

„Ich lasse nicht zu …"

Geralds Gesichtszüge erschlafften plötzlich.

„Du musst sie loslassen. Sie ist fast erwachsen."

„Sie ist erst dreizehn."

„Wenn wir ein eigenes Kind hätten, würdest du Lilian nicht so umklammern."

„Es ist nicht meine Schuld."

„Meine?"

Die Frage flog wie ein geschliffenes Messer zu ihr herüber und Geralds Gesichtszüge waren nun angespannt. Er sah sie fast drohend an.

„Wolltest du überhaupt jemals ein Kind von mir?"

„Natürlich." Veronica krampfte die Hände ineinander. „Aber mit der Natur kann man kein Geschäft machen."

„Da sind wir wieder beim Thema. Ich brauche Lilian in der Firma. Basta."

Die Übelkeit verstärkte sich. Veronica biss die Zähne aufeinander.

„Wie egoistisch von dir", versuchte sie es nochmals, „du zerstörst Lilians Zukunft."

Gerald ignorierte Veronicas Ausbruch.

„Ich verkaufe die Jacht", verkündete er ruhig. „Ich habe sie bei eBay eingestellt. Die Auktion läuft."

Mit einem Schlag durchströmte Wärme Veronicas Körper.

„Wirklich, Liebster?" Sie hatte Mühe Tränen der Erleichterung zurückzuhalten. „Dann bist du an den Wochenenden wieder zu Hause. Wir unternehmen wieder gemeinsam etwas. Dein Geschäft läuft gut. Du hast diese aufwendige Kundenbetreuung doch gar nicht mehr nötig. Wir werden …"

Gerald unterbrach Veronicas Redefluss.

„Ich habe eine größere Jacht gekauft. Viel größer, weil mein Kundenkreis sich vergrößert hat. Solche Leute muss man bei Laune halten."

Die Kälte kehrte zurück und der Brechreiz überwältigte Veronica. Sie sprang auf und rannte ins Badezimmer.

Samstag, 15.11 – 14.05 Uhr

Die Zeitanzeige am unteren Rand des Monitors verhöhnte Robert. Seine Unterlippe zuckte heftig. Seit Stunden rührte s***n sich nicht mehr. Robert war inzwischen der Höchstbietende. Er schwitzte. Stand auf und stellte das Dachfenster auf Kippe. Die Frau auf der anderen Straßenseite, die steif und reglos unter der überdachten Bushaltestelle stand, weckte in ihm die Vorstellung einer Figur im Wetterhäuschen, zuständig für Regenwetter. Ihr fehlt das Pendant zur Sonne, dachte Robert und erwartete, dass sie endlich hervortrat, um die Schlechtwetterfront anzuzeigen. Die Linie Sieben, die einzige Buslinie, die hier hielt, rollte heran, stoppte an der Haltestelle und versperrte Robert die Sicht. Er seufzte. Die Frau würde einsteigen und davonfahren. Das Wetterhäuschen würde leer sein und er hatte nichts, woran er seine Gedanken aufhängen konnte, etwas, was seiner Fantasie ausgeliefert wäre. Ein menschliches Wesen, das bis zu ihm hin nach Einsamkeit roch, nach Armut und Hoffnungslosigkeit. Ein Wesen, dem es noch schlechter ging als ihm.

Er sah traurig zu, wie der Bus anfuhr und sah verblüfft, dass die Frau nicht eingestiegen war. Sie hatte sich hingesetzt. Saß bucklig, den Mantelkragen hochgeschlagen, die Hände tief in den Taschen.

„Komm raus", frotzelte Robert, „du bist die Schlechtwetterfrau."

Der Wind war kräftiger geworden und bildete jetzt mit dem Regen ein Jagdgespann, das durch die Straße stürmte. Robert verging der Spaß an der Sache und er fragte sich, wer bei diesem Wetter im Freien herumlungerte? Sofort begann das Kribbeln in seinem Nacken. Eine Reaktion, die ihm vertraut war und immer dann ablief, wenn er das Gefühl hatte, verfolgt zu werden. Er zog die Vorhänge zu. Unruhig lief er vor dem Computer auf und ab. Strich sich nervös über die Wangen, die den Drei-Tage-Bart lange hinter sich hatten. Er entschloss sich, zu Martha hinunterzugehen, um sich abzulenken. Er zog Hose und Hemd über seinen Schlafanzug, steckte die Füße in Filzpantoffeln und tappte die Bodentreppe zu Marthas Wohnzimmer hinunter.

Alle Türen und Räume im Haus standen ihm offen, bis auf die Tür, die zum Keller führte. Er hatte sie mal nach einem Schlüssel gefragt.

„Es ist lange her, dass ich zuletzt unten war. Es gibt dort nichts Wichtiges", hatte Martha abwiegelnd auf seine Frage geantwortet.

Der Fernseher lief stumm, als Robert das Zimmer betrat. Martha saß in ihrem geblümten Kleid auf dem breiten Sofa, dessen Sitzfläche sie fast vollständig beanspruchte. Ihr dichtes weißes Haar hielten farbige Kämme locker zusammen. Hier und da ringelte sich eine Strähne ungezügelt aus dem Zusammenhalt. Wie ein Girlie, dachte Robert amüsiert. Martha boxte, schwamm, kickte like Lahm und flog von der Sprungschanze über die Köpfe der Menschen hinweg in einen schneeweißen Sieg, bequem vom Sofa aus. Sportsendungen waren ihre

Leidenschaft, neben Monopoly spielen und Geschichten erzählen.

Marthas Augen, die zwischen Fettpolstern schlummerten, waren nur einen Spalt breit geöffnet. Sie dreht den Kopf unmerklich, als Robert hereinkam.

„Ich hab dir was mitgebracht!" Er legte die neue Fernsehzeitschrift zu all den anderen Dingen, die um Martha herum verstreut lagen. Asthmaspray, Diabetes-Spritze, Papiere, Zeitschriften, ihr Portemonnaie und die Fernbedienung.

Robert lümmelte sich in einen breiten Sessel, fragte höflich „Gibt es was Neues?" und wusste, dass sie doch nur alte Geschichten zu erzählen hatte.

Er kannte ihr Leben in- und auswendig, das ab und zu flüchtig von einem Ehemann gestreift worden war, dessen verwaisten Computer Robert adoptiert hatte. Zwanghaft erzählte Martha immer wieder von der Flucht aus Ostpreußen, die sie als Kind erlebt hatte. Sie beschrieb die Kälte so akribisch, dass Robert fror. Und vom Hunger erzählte sie so schmachtend, dass Robert verstand, warum sie heute dem XXL-Club angehörte.

Als die Geschichten sich wiederholten, lernte Robert die Kunst, unter einem aufmerksamen Gesichtsausdruck wegzuduseln. Ihre Fluchtgeschichten aus Ostpreußen beendete Martha stets seufzend mit dem Satz: „Die armen Pferde, die armen Pferde."

Nach dem letzten Seufzer war Robert wieder hellwach. Es war der Moment, wo ihr Kopf leicht nach vorne fiel, zwischen den Fettwülsten um ihre Augen zwei Sehschlitze entstanden und damit das Signal für eine Spielpartie gegeben wurde.

Dann fragte Robert gewöhnlich: „Ein Spiel?"

Aber diesmal leierte sie nicht die alten Geschichten herunter.

„Krieg. Immer wieder der Krieg."

Robert erschrak. Er hatte Martha noch nie so aufgeregt erlebt.

„Ich habe sie gesehen. In der Dokumentation über die Flüchtlingstrecks aus dem Osten. Ich habe sie gesehen."

„Wen?"

„Nein, nein. Unmöglich. Wir haben sie ja bei dieser Familie gelassen."

Robert hakte geduldig nach: „Wen?"

„Sie hatte eine Lungenentzündung. Deshalb ließen wir sie zurück."

Martha bewegte ihren massigen Körper unruhig hin und her.

„Nach Kriegsende habe ich Nachforschungen angestellt. Erfolglos. Ich wollte nicht mehr an sie denken. Da sehe ich sie. Im Fernsehen. Unsinn. Unmöglich."

„Von wem sprichst du?" Es interessierte Robert wenig. Aber eine aufgeregte Martha nutzte ihm zu diesem Zeitpunkt nichts.

„Meine Schwester."

Robert horchte auf. Dass Martha eine Schwester hatte, war ihm neu. Und traf ihn wie eine Flutwelle. Eine Verwandte! Wenn sie lebte? Wenn sie Martha aufspürte? Wenn sie den Platz in Marthas Leben einnahm, den er innehatte? Er sah deutlich, wie er aus seinem behaglichen Nest gestoßen wurde.

„Hast du sie für tot erklären lassen?" Robert kämpfte um seine Stimme, in der Angst und Hoffnung schwangen, und versuchte sie so gleichmütig wie möglich klingen zu lassen. Aber die erlösende Antwort blieb aus.

Martha schwankte wie ein angeketteter Elefant hin und her. Erstarrte plötzlich und begann wie in Trance:

„Januar fünfundvierzig. Schnee, Jungchen, so viel Schnee, wie du in deinem ganzen Leben noch nicht gesehen hast. Sie fielen etappenweise in unser Dorf ein. Immer in kleinen Gruppen. Wir wussten nie, wann sie kamen."

„Wer?", fragte Robert mechanisch.

„Die Russen, Jungchen. Wir haben uns unter das Haus verkrochen, in einer Art Grube. Später haben wir uns im Wald versteckt. Sie hatten die Kellerlöcher entdeckt. Drei Tage haben wir im Wald ausgeharrt. Dann beluden einige aus unserem Dorf ihre Pferdefuhrwerke um zu fliehen. Wir sollten auch mit. Aber meine Mutter hat sich geweigert. ,Ihr habt kein Fressen für die Pferde', hat sie gesagt. ,Wie weit wollt ihr denn kommen? Und die Kälte?' Aber die Leute haben sich nicht darum gekümmert. Meine Mutter hat zugelassen, dass sie mich und meine Schwester – sie war zwei Jahre älter als ich – mitnahmen. ,Vielleicht habt ihr eine Chance', hat sie gesagt, ,ich habe nicht die Kraft'. Dann hat sie das Kreuz über uns geschlagen und uns nachgeschaut, bis sie selbst immer kleiner wurde, ganz winzig. Das ist das letzte Bild, das ich von ihr habe. Fuchs und Hase werden sie wohl begraben haben."

Martha schnaufte heftig.

„Dann geschah, was Mutter prophezeit hatte. Die Pferde blieben kraftlos zurück. Wir flohen zu Fuß weiter. Als meine Schwester Lungenentzündung bekam, wurde sie bei einer Bauernfamilie untergebracht. Ich war damals kaum acht Jahre alt. Hätte ihr nicht helfen können. Haben sie einfach da gelassen. Ich war doch ein Kind. Konnte nichts tun. Und später ..." Ihre Augenschlitze richteten sich auf Robert und er erahnte nur, dass er sie freisprechen sollte. Er schwieg und betete stumm, dass die Krankheit Marthas Schwester dahingerafft hatte. Martha fiel in sich zusammen. „Ach, die Pferde, die armen Pferde."

Robert war irritiert, fragte aber trotzdem hoffnungsvoll:

„Ein Spiel?"

Doch die Vergangenheit hielt Martha gefangen und sie erzählte die Geschichten, die Robert schon zig Mal gehört hatte.

Samstag, 15.11. – 14.30 Uhr

Veronica fühlte sich wie im Auge des Hurricans. Windböen brausten um das Haus, schleuderten Regenmassen gegen die hohen Glaswände, in denen schwarze Wolken festhingen.

Herta Hagen saß am Glastisch und schluckte das dritte Stück Sahnetorte. Veronica fragte sich manchmal, wer hier wem diente. Aber Herta war ihr ein Stück Heimat geworden. Obwohl unnötig, hatte Veronica sie gebeten, zweimal die Woche zu kommen.

Die Pausen, die immer länger wurden, verbrachten sie schwatzend in der Küche. Auch an diesem Samstagnachmittag gluckten sie zusammen. Herta auf dem Edelstahlstuhl, auf dem sonst Gerald saß. Veronica sah zu, wie Herta Kuchen in sich hineinstopfte, den Glastisch vollkrümelte, Kaffee schlürfte und redete.

Veronica ließ sich entführen zu Wanderungen durch die flache Lebenslandschaft Herta Hagens. Hineingezogen in die Welt der kleinen Leute, in die Welt, die ihr aus ihrer Kindheit vertraut war, erholte Veronica sich am Ufer eines Sees, an den die Wellen der Einfalt plätscherten. Sie lauschte Hertas Klatsch über fremde Schicksale, litt mit Edgar und schüttelte ungläubig den Kopf, wenn Herta von ihrem Ehemann erzählte, dem Drückeberger.

„Sie habens wirklich hübsch hier", plapperte Herta wieder drauf los. „Ihre Lilian lebt ja wie eine Prinzessin."

Veronica sah durch große Glastüren in ein Atrium, wo Lilian ihre Freizeit verbrachte, im Freien und trotzdem durch hohe Mauern geschützt.

„Wir hatten auch einen Garten, meine Eltern und ich und meine beiden Geschwister. Auch er war von Mauern umgeben. Aber sie waren alt und hier und da fehlten schon ein paar Steine. Wilder Wein überwucherte sie und an den Brombeerranken zerkratzten wir uns die Arme, wenn wir hinter den Beeren her waren."

Nach langer Zeit lag wieder ein Lächeln auf Veronicas Gesicht.

„Struppig war der Garten", fuhr sie träumend fort, „struppig wie ein verwilderter Hund. In dem Wirrwarr aus Blumen, Gräsern und Unkraut lebten Insekten wie im Schlaraffenland."

Aufseufzend kehrte Veronica zu dem gestylten Quadrat zurück, in dem Lilian sich bei schönem Wetter aufhielt. Deutlich hatte Veronica ihre Tochter vor Augen. Sah, wie sie auf der Gartenschaukel leicht hin und her schwang. Die zarte Gestalt, eine Knospe, die gerade erst ihre Blätter entfaltete. Mit dem Sommerende jedoch, stellte Veronica beunruhigt fest, schien Lilian sich dem herbstlichen Verfall anzupassen. Sie entfernte sich aus der Welt. Kopfhörer, die sie fast ständig trug, schnitten sie von allem ab. Sie versank in einem musikalischen Raum, zu dem niemand Zutritt hatte. Außer Gerald, der es verstand, dieses schwache Lebensorchester zu dirigieren und seinem Willen untertan zu machen.

„Wo ist denn das Töchterchen?"

Veronica wandte den Blick vom Atrium ab und sah Herta an.

„Im Bett. Sie fiebert. Ich mache mir große Sorgen um sie!"

„Ach was Lindenblütentee und schwitzen lassen dazu kalte Wadenwickel Sie solln mal sehn ruckzuck ist sie wieder gesund so ein junges Ding verkraftet das."

„Professor van Linden hat schon nach ihr gesehen."

„So 'n Professor." Hertas Lippen gingen nach innen, unbemerkt von Veronica, die in Gedanken bei ihrer Tochter war.

„Sie ist so jung und verhält sich ganz und gar nicht altersgemäß", ließ Veronica die Putzfrau an ihren Sorgen teilhaben. „Wissen Sie, Lilian ist eine Träumerin. Sie kapselt sich von der Welt ab und mein Mann unterstützt das auch noch. Er interpretiert es als Zeichen einer kreativen Veranlagung, was für das Werbegeschäft ideal wäre. Ich habe das Gefühl, er will sie jetzt schon", Veronica stockte und würgte das Wort hervor, „einarbeiten." Sie sah bekümmert zu Herta hinüber.

„Seien Sie froh." Herta schniefte. „Sie muss nicht um einen Ausbildungsplatz kämpfen Papa öffnet ihr die Tür zum Erfolg und trägt sie die Karriereleiter hoch und wenn er mal nicht mehr ist erbt sie die Firma Lilian ist ein Glückskind."

„Ja, ein Glückskind", flüsterte Veronica.

„Mein Edgar ist viel zu krank um arbeiten zu können na klar möchte er aber ..."

Veronica hörte nicht mehr zu, als Herta ihre Schicksalsmelodie anstimmte.

Sie hatte Lilian einmal gefragt, warum sie keine Freundinnen mit nach Hause brachte. „Oder hast du vielleicht einen kleinen Freund?", hatte sie versucht auf die niedliche Tour an ihre empfindliche Tochter heranzukommen.

„Alles Langweiler", zirpte Lilian. Sie war zart und zerbrechlich gebaut, so dass ihre Stimme kaum Resonanzboden fand.

Als Herta bei ihrer Schimpfkanonade gegen den Ehemann und die vermaledeite Tochter angelangt war, kehrte Veronica in die Gegenwart zurück.

„Könnten Sie heute länger bleiben", flehte Veronica. „Ich muss mich um Lilian kümmern und Sie könnten mir bei einigen Vorbereitungen in der Küche helfen. Mein Mann verbringt das Wochenende auf der Jacht."

„Jacht!" Herta schnappte gierig nach dem Wort. „Was für ein Traumschiff Sie wissen ja hab dort mal geputzt war wohl große Party ich sag ja immer Männer haben keinen Sinn für Ordnung nee also ich will ja nichts gesagt haben aber die leeren Flaschen kullerten mal nur so durch die Gegend und die Aschenbecher voll und dann haben se den Boden als Mülleimer genommen hab alles schön sauber gemacht und ordentlich aufgeräumt was ich da alles gefunden habe Sie werdens kaum glauben sogar benutzte Kondo…!" Herta brach ab. Sie stoppte sich selbst mitten im Wort. Ein historischer Moment.

„Was macht denn Ihr Mann auf der Jacht?" Herta rührte im Kaffee, als gelte es, einen Wettbewerb zu gewinnen.

Ohne sich etwas anmerken zu lassen, nahm Veronica den Gesprächsfaden wieder auf.

„Er räumt sie aus. Er verkauft sie. Er will eine größere …" Ihre Stimme verlor den Halt. Sie räusperte sich und fügte hinzu: „Das Riesenboot hat er bei eBay eingestellt. Sei zeitsparender sagt er. Zeit, Zeit, Zeit." Sie rumpelte über das Wort hinweg und sah zu Herta, darauf hoffend, dass sie nicht absagte.

„Ach eBay!" In Hertas Blick trat ein kräftiger Glanz und eine Wachsamkeit, die Veronica ihren verstaubten Augen nicht zugetraut hätte.

„Klar bleib ich solange Sie wollen gute Gelegenheit das Arbeitszimmer zu putzen Ihr Mann ist wohl in der Firma mehr zuhause als bei Ihnen würde ohne ihn in der Firma alles zusammenbrechen oder nimmt er mal frei?"

Veronica lachte bitter:

„Niemals. Er will immer sehr früh in der Firma sein. Er muss kontrollieren, ob seine Leute pünktlich sind und sich gleich an die Arbeit machen. Sollte er wirklich – was unvorstellbar ist – nicht in der Firma erscheinen, nun dann gäbe es nur einen Grund dafür: Er wäre tot."

Für einen kurzen Augenblick erhellte ein seliges Lächeln Veronica Gesicht. Dann gewann der kummervolle Ausdruck wieder die Oberhand.

„Aber auch das ist unvorstellbar."

Samstag, 15.11. – 15.00

Robert hörte nicht zu. Er konnte nicht stillsitzen und zuhören. Er verkroch sich auch nicht hinter einem Gesichtsausdruck, der das Gegenteil zeigte. Neun Stunden waren zu überbrücken. Danach fiel eine Entscheidung, der Robert entgegenfieberte, wie der zum Tode Verurteilte der Antwort auf sein Gnadengesuch. Er kappte Marthas Litanei, indem er übellaunig forderte:

„Erzähl mal von deinem Mann!", dann im gereizten Ton: „Hast du ihn ins Grab gebracht?"

„Heinrich?"

Martha krauste die Stirn und schien Mühe zu haben, sich an ihren Mann zu erinnern.

„Heinrich war ein Spieler, Jungchen. Ob Karten, die Automaten in der Spielhalle oder die Lotterie. Er suchte in allem sein Glück. Manchmal gewann er. Kleinere Summen. Meistens verlor er. Dann schlich er in den Keller, wo er seine Werkstatt hatte. Meist nahm er seinen mexikanischen Freund mit."

„Wen?"

„Senior Tequila."

Martha schnaufte, stützte sich mit der rechten Hand ab, so dass sie ihren Körper leicht nach vorne beugen konnte, und ihre feiste linke Hand holte aus, um ein Stück gebratenes Rippchen zu greifen. Eine Weile kaute und schmatzte sie, dann redete sie weiter.

„Eines Tages kam er nach Hause und schrie herum ,ich bin reich, ich bin reich!'. Der Trottel hatte tatsächlich in irgendeinem verdammten Lottospiel gewonnen. Damit fing das Elend erst richtig an. ,Nie wieder in schmutzigen Hinterzimmern spielen', verkündete er in einem Ton, als wäre er Moses, der vom Berg steigt und die zehn Gebote vorliest. ,Nie wieder mühsam Kleingeld aus den Automaten zählen. Von nun an werde ich nur in den vornehmsten Casinos der Welt verkehren.' Und so war es."

Martha rang nach Luft. Sie warf den abgenagten Knochen auf den Teller zurück, wischte sich mit dem Handrücken über ihre fettigen Lippen und griff nach dem Asthmaspray.

„Er hat es nicht einmal für nötig gehalten, mir die gewonnene Summe zu nennen. Aber ich denke, das Geld zerrann ihm zwischen den Fingern. Und die Spielcasinos der Welt schrumpften auf das in unserer Provinzstadt."

Robert bemerkte erschreckt wie Marthas ansonsten graues Gesicht hochrot wurde.

„Eine Eigenschaft hatte er aus alten Zeiten bewahrt", fuhr sie fort. „Wenn er verloren hatte, kroch er in den Keller und betrank sich. So war es auch an jenem denkwürdigen Tag. Ein düsterer Wintertag. Er ging zur Kellertür. Dazu muss ich sagen, Jungchen, die Steinstufen zum Keller runter sind steil, schmal und ausgetreten. Ich sag zu ihm, ,Heinrich, die Birne ist kaputt. Es gibt kein Licht.' Aber er beachtet mich nicht. Er hat mich schon lange nicht mehr wahrgenommen."

Den letzten Satz sprach sie leise zu sich selbst. Unangenehm berührt sah Robert, wie ihr molliger Handrücken über die Augen wischte.

„Trotzdem", stieg sie wieder in ihre Erinnerungen ein, „ruf ich ihm noch nach: ,Nimm den Sack Kartoffeln der da liegt mit runter.' Nun, da hör ich auch schon den Schrei. Ein so grässlicher Schrei, als führe der Teufel zur Hölle hinab."

Robert beobachtete sie aus halbgeschlossenen Augen. Ihr Gesicht war jetzt rosig und die Atmung funktionierte ausgezeichnet. Und wenn er sich nicht täuschte, huschte ein zartes Lächeln über ihre sonst missmutig verkniffenen Lippen.

„Ich nehme also die Taschenlampe und sehe nach. Da liegt er, unten auf dem Bauch, mit einem Haufen Kartoffeln drum herum. Der Sack ist wohl gerissen, als er drauftrat."

Sie schnaufte und ihr Lächeln erweiterte seinen Spielraum zu einem befriedigten Grinsen.

„Ich geh näher ran. Leuchte ihm ins Gesicht. Blut läuft aus der Nase und aus dem Mund. Sein Blick ist starr. Ich höre nicht den leisesten Atemzug. Ich hab erst einmal die Kartoffeln weggeräumt und dann den Notarzt gerufen. Der Fall war klar. Die dunkle Treppe, der Mann angetrunken. Ein Unfall. So was passiert. Trotz allem hab ich eine Feuerbestattung angeordnet. Man weiß ja nie. Friede seiner Asche!"

Sie nickte bestätigend mit dem Kopf. Selbst als ihr Kopf schon aufhörte zu nicken, wippten die Wangen und das Doppelkinn noch weiter.

„Und? Ist noch was da vom Gewinn?" Robert sah sie gelangweilt an. Wahrscheinlich hatte der Idiot alles verzockt.

„Ach, der große Gewinn."

Martha machte eine Pause, griff in den Pralinenkasten und verputzte ein paar Trüffeln.

„Heinrichs Ableben kam rechtzeitig. Sechs Millionen, vierhunderttausend Euro und ein paar Zerquetschte blieben mir."

Robert erstarrte. Er spürte, wie seine Lungen heftig arbeiteten und die Luft katapultartig ausstoßen wollten.

„Was hast du mit dem Geld gemacht?", fragte er gepresst. Er dachte einen Moment an die Villa, die kurz vor dem Zusammenbruch stand.

„Gespart."

Wofür?

„Weißt du, Jungchen, mein Leben lang hab ich mich durchboxen müssen. Aber ich war stark und meine größte Angst ist es, schwach zu sein."

Sie hielt inne und wuchtete ihren mächtigen Oberkörper so weit vor, dass er halb über dem Tisch lag. Ihre fleischigen Finger umfassten Roberts kräftige Hände und pressten sie an ihre Brust. Robert, überrumpelt von diesem heftigen Ausbruch, wehrte sich nicht dagegen.

„Ein Pflegefall zu sein, Jungchen, ist für mich der Schrecken aller Schrecken. Die Würde des Menschen ist unantastbar? Ja, wenn du sie bezahlen kannst, diese Unantastbarkeit. Ohne Geld keine Würde. Da", sie wies auf eine Schublade, „habe ich Prospekte über Luxus-Pflegeheime gesammelt."

Sie war so aufgeregt, dass Robert befürchtete, sie würde seine Finger zerquetschen.

„Wenn ich hilflos bin, Jungchen, wirst du mir helfen. Du wirst dafür sorgen, dass ich in ein Heim mit genügend Pflegepersonal und bester ärztlicher Versorgung komme. Du", ihre Augenlieder schafften es, die Fettwülste zu heben, so dass Robert zum ersten Mal Marthas Augen sah, deren graue, von feinen Äderchen durchzogene Iris ihn an Spinnennetze erinnerten, „bist der einzige Mensch, den ich noch habe. Sorge für mich und es wird dein Schaden nicht sein."

Sie zwinkerte:

„Ist genug für uns beide da, Jungchen."

„Und wo ist das Geld?"

Robert bemerkte, wie sein Mund wässrig wurde, und schluckte kräftig.

„Ich sag's dir, wenn die Zeit gekommen ist."

Ihr Gesicht bekam einen verschlagenen Ausdruck. Sie ließ Roberts Hände los und fiel auf das Sofa zurück.

Es dauerte eine Weile, bis Robert über den Aufruhr in seinem Inneren Herr geworden war. Er warf einen Blick auf die Uhr. Die Zeit schien stehen zu bleiben. So holte er das Monopoly-Spiel, baute es auf und sagte:

„Der Verlierer fängt an. Ich bin an der Reihe und heute gewinne ich."

Samstag, 15.11. – 15.30 Uhr

Eifrig putzte Herta sich zu Desarios Arbeitszimmer durch. Dabei schossen Erinnerungsfetzen durch ihren Kopf. Jacht, eBay-Auktion, Marthas Untermieter, der auf eine Jacht bot. War es die Desario-Jacht? Wenn ja …! Blitzschnell puzzelte sie einen Plan aus den einzelnen Informationen und hoffte, gleich die noch fehlenden Teilchen zu erhalten. Sie stieß die Tür zum Arbeitszimmer auf. Seit Stunden eingeschlossen, war ein schwacher Geruch nach Zigarren haften geblieben.

„Havannas möcht ich wetten." Herta schnüffelte. Der Duft der großen weiten Welt.

Am Pinnbrett hing die Anweisung zur komplexen Pflege der italienischen Fliesen. Herta schwang den Swiffer. Einige Staubkörnchen entkamen. Dann näherte sie sich dem Schreibtisch. Der PC war eingeschaltet. Den Bildschirmschoner zierte Lilians Elfengesicht. Melancholie pur.

„Sieh an unser Prinzesschen auf der Erbse Prinzessin ist verschnupft schwups kommt ein Professor angelaufen muss sich um nichts sorgen dass Püppchen Papa rollt ihr den roten Teppich aus …" Herta grummelte erbost zwischen schmalgezogenen Lippen, während sie so gründlich auf dem Schreibtisch herumwischte, als gelte es, einen Eintrag ins Guinness-Buch der Rekorde zu bekommen. Sie umkreiste den PC. Rückte näher und näher. Entfernte kaum sichtbaren Staub vom schmalen Rand des Bildschirms. Wickelte das Staubtuch um die Zeigefingerspitze und strich verbissen durch die Ritzen der Tastatur. „Alles schön saubermachen", brabbelte sie. Da geschah es. Eine Taste zu stark berührt. Der Bildschirmschoner verschwand und vor Hertas Augen tat sich die eBay-Auktion auf. Sie blickte um sich und sah, dass sie allein war. Sie lauschte und hörte, wie das Haus geräuschlos ihr Tun billigte. Sie klickte das Bild der Motorjacht an, auf der deutlich der Namenszug „Veronica" zu erkennen war. Herta ballte auf Kopfhöhe die Faust und zog sie in einer triumphalen Geste nach unten. Vor wenigen Tagen, als sie die Computeraktivitäten des Krauskopfes ausspionierte, hatte sie dem Schiffsnamen noch keine Bedeutung beigemessen. Aber jetzt war es ein Leichtes, eins und eins zusammenzuzählen. Der Name der Jacht und der Nickname „Hendrik", der, wie alle anderen Mitgliedernamen, für den Verkäufer vollständig sichtbar war. Zwei Puzzleteilchen, mit denen Herta ihren Plan vervollständigte, auch wenn ihr bewusst war, dass ein glücklicher Ausgang von einem launischen Schicksal abhing. Aber schließlich war es nicht Langeweile, die sie jeden Sonntag in die Kirche trieb. „Solltest du das Rennen machen Bürschchen pack ich

dich." Herta starrte gierig auf das hohe Gebot, dass zu diesem Zeitpunkt über 170.000,00 Euro lag. Wie hoch würde es zum Ende der Auktion sein?

Edgars Stunde schlug. Herta gluckste vor Glück. Endlich zahlte sich Edgars Talent aus. Geradezu virtuos beherrschte er die Computertechnik, seit er, während der langen Wartezeit in einer Arztpraxis, jemanden kennengelernt hatte. Einen netten jungen Mann mit einem Akneproblem und ziemlich verklemmt. Nachdem Edgar ihm etwas ins Ohr geflüstert hatte, ging ein Leuchten über das entzündete Gesicht des Mannes und eine nützliche Beziehung nahm ihren Anfang. Edgar entwickelte eine Leidenschaft für die elektronische Welt, die weit über die Ballerspiele seiner Kindheit hinausging, und Herta kaufte ihm einen Laptop. Seitdem hatte ihr Sohn seltener Geld von ihr gefordert. Er hat seine Berufung gefunden, hatte Herta gedacht, er macht Geschäfte online.

Sie notierte die Auktionsnummer der Jacht. Edgar sollte sich das mal ansehen. Herta stutzte. Sicher ist sicher, überlegte sie. Ich rufe den Buben vorsichtshalber an. Sie warf einen kontrollierenden Blick zur Tür, überprüfte das Haus auf sein schweigendes Einverständnis. Das Handy am Ohr, fragte sie einen mürrischen Edgar am anderen Ende, ob er nach Abschluss einer eBay-Auktion, die weiteren Abläufe verfolgen könnte.

„Muss das Passwort vom E-Mail-Programm haben", nuschelte Edgar.

„Kenn ich nicht." Herta geknickt.

„Gib mir mal die Mailadresse durch!"

Nach Edgars Anweisungen legte Herta das eBay-Fenster auf die Leiste und fand den Weg in Desarios Mail-Programm. Sie nannte Edgar die Adresse.

„Ich schicke sofort eine Mail mit Anhang. Den musst du öffnen."

„Erledigt. Anhang ist geöffnet", sagte Herta und hielt ihren Gehörsinn in Alarmbereitschaft, obwohl sie davon ausgehen konnte, ungestört zu bleiben. Sie hatte erfahren, dass Veronica eine tiefe Abneigung hatte, dieses Zimmer zu betreten. „Es ist Geralds ureigenster Bereich", hatte sie einmal gesagt und dabei ängstlich dreingeschaut.

„Was jetzt", flüsterte Herta ins Handy.

„Das war's schon", meldete Edgar. „In der Sekunde, wo du den Anhang geöffnet hast, habe ich meinen Trojaner auf der Festplatte installiert. Und nun, Mami", sagte Edgar eindringlich, „lösche meine Spuren. Du musst die E-Mail mit dem Anhang löschen."

Herta befolgte wie ein Roboter, die einzelnen Schritte, die Edgar ihr diktierte. Befriedigt sah sie, wie sich die verräterische Mail in Nichts auflöste. Sie beendete das Mailprogramm und brachte die eBay-Auktion mit einem Mausklick wieder auf den Monitor.

Ersteigert der Krauskopf das Boot, sinnierte sie, dann hat er das Geld der Dicken an sich gerissen. Edgarlein wirds schon herausfinden, wie wir da rankommen. Herta schwindelte bei der Vorstellung vom ganz großen Geld. Keuchend stützte sie sich auf dem Schreibtisch ab und starrte in Lilians Gesicht, das wieder die Auktion bedeckte.

„Was aber", zischelte sie, „mach ich mit deinem Papi dem arroganten Arsch?"

Samstag, 15.11. – 15.35 Uhr

Kurz vor dem Kasten, den die meisten Leute als Haus bezeichneten, hielt das Taxi und die Alte stieg aus. Unter den Arm den Klappsitz geklemmt, auf dem Erich beim Angeln hockte, spazierte sie an hohen Mauern und Hecken vorbei, hinter denen sich die Villen duckten. Sie zwängte sich hinter die Buchsbaumhecke, die die Auffahrt zu der bunkerähnlichen Hütte säumte und bezog in einer Lücke zwischen den Sträuchern Posten. Der Sturm verebbte und die letzten Regentropfen perlten am Friesennerz ab. In Erichs langer Unterhose, die er in der Kleiderkammer ergattert hatte, saß sie vor der Kälte geschützt auf dem Hocker und beobachtete das Haus. Nicht mein Geschmack, dachte sie. Egal. Es war nicht das erste Mal, dass sie der Putze von der Dicken bis hierher gefolgt war. Sie hatte herausgefunden, dass sie montags und samstags zu dieser Familie ging. Dabei fraßen die Taxifahrten ihre Rente. Möglich, dass sie paranoid war und die Verfolgungsjagden sie noch tiefer in die Armut stürzten. Andererseits, kombinierte sie, saß die Dicke da hilflos in ihrer Villa, umgeben von zwei Personen mit kostspieligen Träumen. Und sie hätte Erichs Sozialhilfe verwettet, wenn nicht eine davon versuchen würde, sich das Vermögen der Dicken unter den Nagel zu reißen. Keinesfalls durfte sie die Spur verlieren, die sie vielleicht ins Schlaraffenland führte.

Heute war Samstag, spät mittags, und die Alte zog ein Käsebrot aus der Tasche.

Mittagessen. Kleine Bissen, langsam kauen, ermahnte sie sich.

Als sie der Putzfrau das erste Mal gefolgt war und die Hundehütte, die selbst einer Miniaturvilla glich, entdeckte, war sie vor Schreck erstarrt. Das Wurstbrot umklammernd erwartete sie eine knurrende Bestie, die jeden Augenblick auf sie zugerast kam. Nach einer Weile war ihr klar geworden, dass es keinen Hund gab, zumindest nicht in der Hütte. Beruhigt hatte sie sich nach einem Versteck umgesehen.

‚Punkt 13 Uhr 00 trifft Putzfrau ein', las die Alte in ihrem Kalender. ‚Ende 16 Uhr 00'. Fünfzehn Uhr fünfunddreißig zeigte ihre Armbanduhr. Gleich würde die Putzfrau aufbrechen.

Die Frau kaute auf dem letzten Bissen Brot, als Desario aus dem Haus kam. Was für ein schöner Mann, dachte sie wieder und seufzte sehnsuchtsvoll wie ein junges Mädchen. Das Garagentor summte. Gerald Desario stieg in den dschungelgrünen Jeep und fuhr die Hofeinfahrt herunter, zum Greifen nah an der Hecke vorbei. Die Alte bewunderte den Griechenkopf mit dem Altgoldhaar, der sich von dem sattbraunen Ledersitz abhob. Da rollte eine andere Welt an ihr vorüber. Eine schönere Welt. Die Sehnsucht danach nagte stärker an ihr als der Hunger, der durch die Schnitte Brot nicht befriedet war.

Dann erregte jedoch die Frau, die vor die Haustür trat, ihre Aufmerksamkeit. Sehr blond, sehr schlank stand sie da, die Arme vor der Brust verschränkt mit vorgezogenen Schultern wie ein Igel, der sich einrollt. Wunderliches Verhalten. Die Alte kniff die Augen zusammen. Kein Winken der Blonden zum Abschied. Keine Miene, die eine liebende

Ehefrau, die ihrem Mann nachsieht, verriet. Dafür Angst, Sorge. War ihr Mann in Gefahr? Welche bösen Ahnungen quälten sie? Minutenlang verharrte die Frau auf der Türschwelle. Die Wolkendecke riss auf. Bleiches Licht. Das Haar der Frau leuchtete.

Die Alte spürte ein angenehmes Prickeln auf der Haut. Das war aufregender als die Glotze mit Traumschiff. Konflikte. Tragödien. Sie ließ ihrer Fantasie freien Lauf. Es machte das Warten erträglicher. Die Putzfrau arbeitete heute ungewöhnlich lange. Als sie endlich auf ihrem Fahrrad an der Hecke vorbeiradelte, glaubte die Alte einer Sinnestäuschung zu erliegen. Die Putze pfiff. Fröhlich und lautstark flötete sie einen Ballermannhit. Ihr ansonsten verbiestertes Gesicht strahlte jugendliche Frische aus. Selbst das Kopftuch hatte sie nicht aufgesetzt. Was dich glücklich macht, ist kein Trinkgeld, dachte die Alte und rechnete, für wie viele Taxifahrten ihr Geld noch ausreichte.

Samstag, der 15.11. 17.25 Uhr

Die Tür flog ins Schloss. Herta stürmte die Treppe hinauf. Sie war zwanzig. In Desarios Arbeitszimmer hatte sie den Jungbrunnen gefunden. Sie stürzte in Edgars Zimmer. Ohne Anzuklopfen. Rasch klickte Edgar die aufgerufene Webseite weg und sah seine Mutter grimmig an.

„Ich dulde nicht …!"

Den Mantel bis oben hin zugeknöpft, die Haare windzerzaust, das Gesicht gerötet, schnitt sie mit einer energischen Handbewegung Edgars Protest ab.

„Wenn der Krauskopf besessen genug ist", keuchte sie, „schwimmen wir bald im Geld Edgarlein!"

Edgar betrachtete seine Mutter besorgt. Sie war irre. Er fürchtete um sein gesichertes Dasein.

„Hier", sie hielt ihm einen Zettel hin, „klink dich in diese eBay-Auktion ein."

„Kinderkram", protestierte Edgar. „Mir geht dadurch ein Supergeschäft durch die Lappen."

„Tu was ich sage", befahl Herta im barschen Ton, so dass Edgar sich unwillkürlich duckte.

„Schon gut", sagte er beschwichtigend. „Dein Wunsch soll erfüllt werden."

„Ersteigern wir ein Boot?", fragte er, als die Auktion auf dem Bildschirm erschien. „Dafür hätte ich mich nicht in den PC deines Arbeitgebers hacken müssen. Weißt du, Mami, so was ist illegal." Treuherziger Augenaufschlag.

„Uninteressant denn wenn Gott es gut mit uns meint erhält Marthas Untermieter den Zuschlag." Herta drückte wirklich beide Daumen.

„Da da!" Ihr Finger stieß gegen das Kürzel h***k. „Das is er liegt vorn is aber noch viel Zeit viel zu viel Zeit müssen bis Mitternacht abwarten halt durch Nichtsnutz halt durch", feuerte sie Robert an.

Edgar suchte eine Pille heraus und reichte sie Herta mit einem Glas Wasser. „Nimm die mal, Mami. Du machst mir Angst."

Herta zog den Mantel aus und warf ihn skrupellos auf Edgars teure Klamotten. „Mami gehts gut lieber Junge." Sie schluckte trotzdem gehorsam die Pille und sah nach einer Weile gelassener auf das Auktionsgeschehen. Endlich war sie auch in der Lage, Edgar die Zusammenhänge zu erklären.

„Bist du sicher", fragte er, „dass die Gruber vermögend ist?"

„Hat Prospekte von Altersheimen die im Monat so viel kosten wie wir im ganzen Jahr nicht verdienen können und das Portemonnaie immer voll immer die großen Scheine die hats dicke und der Bengel der Taugenichts der Schmarotzer weiß es darauf wette ich!"

„Jetzt kapier ich." Er zwinkerte Herta zu. „Durch deine Voraussicht, Mami, konnte ich den Key-Logger auf Desarios Computer installieren, aber", Edgar massierte seine Schläfen, „ich benötige auch das Passwort des Untermieters."

Herta kratzte sich am Kinn. „Versuchs mit ‚Hendrik'." Edgar tippte. Schüttelte den Kopf. „Schiff Segelschiff Boot Yacht". Herta zählte das Naheliegende auf. Edgar tippte und schüttelte den Kopf. Herta ballte die Fäuste und machte ein so grimmiges Gesicht, als müsse sie die Klitschko-Brüder besiegen. „Ich habs", sie hieb in die Luft. „Der Pullover das Emblem da war ein Name drauf warte gleich fällt er mir ein ‚Windjammer'." Herta klatschte in die Hände, Edgar tippte und sah seine Mutter bewundernd an. „Treffer! Für einen Testlauf reicht allerdings die Zeit nicht. Halt die Daumen, Mami, dass es auf Anhieb klappt." Edgar wurde hibbelig wie ein Börsenspekulant vor dem Crash und schluckte eine Medizin, die zur Gruppe der Opioide gehörte. Herta begriff zwar nicht, was er meinte, aber sie quetschte den letzten Blutstropfen aus ihren Daumen. Edgar hielt Herta auffordernd eine Pille hin:

„Die macht munter, Mami. Ist noch lange hin bis Mitternacht."

„Lass gut sein Junge bin munter wie 'ne Katze auf dem heißen Blechdach brauch eher bisschen Ruhe leg mich hin weck mich wenn der Krauskopf den Zuschlag erhält."

Plötzlich wurde Edgar so ernst, dass Hertas aufgewühltes Inneres schlagartig ins Koma fiel.

„Nehmen wir an", sagte Edgar, „der Untermieter der Gruber erhält den Zuschlag. Desario schickt ihm todsicher umgehend eine Mail. Okay, die fange ich ab und lösche sie. Dann sende ich deinem Robert eine gefakte Mail unter Desarios Identität mit meiner Kontonummer."

„Von deiner Firma im Ausland?", fragte Herta matt.

„Genau." Edgar redete schnell weiter. „Ich leite die Überweisung vom Kühn auf meinen Server um. Damit habe ich die Bankdaten der Gruber, knacke das Passwort und, Mami, wir werden sehen, was auf dem Konto ist. Dann manipuliere ich die Überweisung in unserem Sinne und schicke sie los. Das habe ich schon mal ..." Edgar stockte. „Das wird funktionieren", schloss er den Satz. Mit seinem breiten Grinsen hätte er in diesem Moment einen Werbefilm für besonders ausgekochte Spitzbuben drehen können.

Hertas Puls machte sich wieder an die Arbeit und sie schaute zärtlich auf ihren Sohn. Ein Genie. Schließlich hatte sie nie daran gezweifelt, dass Edgar etwas Besonderes war. Umso mehr traf es sie, als sein Gesicht immer weißer wurde.

„Was dann, Mami? Der Untermieter sucht den Verkäufer auf und das Geschäft platzt, weil kein Geld eingegangen ist. Daraufhin wird der Untermieter nachforschen, wo es geblieben ist, und wir riskieren, dass der Verdacht auf dich fällt. Und abhauen?" Edgar machte ein zerknirschtes Gesicht. „Tut mir Leid, Mami, aber ich habe keine Lust, mein Leben in einem dieser Länder zu verbringen, die nicht ausliefern. Und im anderen Falle, was nutzt Geld, das du nicht ausgeben darfst?" Betrübt sah Edgar auf seine Mutter. „Wir ziehen das nicht durch!"

„Wir müssen dem Jungen nur den richtigen Text mailen. Wir locken Desario von der Jacht. Der Junge übernimmt sie, fährt los und wird als Dieb und Betrüger gejagt."

„Mmh." Edgar war noch nicht überzeugt. „Gut. Spielen wir das mal durch. In der fake-E-Mail fordere ich Robert Kühn auf, mit dem Boot loszufahren. Dann lösche ich diese Mail und schicke ihm eine neue, die ihn bei einer polizeilichen Ermittlung in verdammte Schwierigkeiten bringen wird. Eine Mail, die der Kühn nie zu Gesicht bekommen hat und die dennoch als gelesen gilt, weil ich sie in seinem Postfach geöffnet habe. Top! Aber was, wenn der Kühn diese Mail doch noch sieht und liest. Das Ende."

„Nein", sagte Herta energisch, „der Bengel erhält keine Mails habe das gescheckt nur die eBay-Korrespondenz nach deiner ersten Nachricht wird ihn alles weitere nicht mehr interessieren."

Aber beide, dieser Robert und dein Arbeitgeber Desario bleiben ein Risiko", wandte Edgar ein. „Wie willst du Desario vom Boot weglocken und zwar auf eine Art und Weise, in der wir es diesem Robert unterschieben können? Und, Herr Desario? Er wird erfahren, dass du in seinem Arbeitszimmer warst und vielleicht misstrauisch werden? Aber vorausgesetzt, alles ginge reibungslos

über die Bühne, was geschieht, wenn dieser Robert wieder draußen ist? Wie viele Jahre würde man ihm schon aufbrummen? Könnten wir ruhig schlafen, wenn er wieder auf freiem Fuß wäre? Nein, nein, nein, Mami, wir lassen die Finger davon."

Edgar stütze die Ellenbogen auf den Schreibtisch und barg sein Gesicht in den Händen.

Liebevoll strich Herta eine verschwitzte blonde Strähne hinter Edgars Ohr und verfiel ins Grübeln. Obwohl Edgars Bedenken berechtigt waren, kam es gar nicht in Frage, diese einmalige Gelegenheit sausen zu lassen. Edgar hatte ein Recht auf das beste aller Leben. Er hatte ein Recht darauf, von ärztlichen Koryphäen betreut zu werden, und sie hatte die Pflicht, alles zu tun, was dafür notwendig war. Alles!

Wie, nur wie, war es möglich, jegliches Risiko auszuschalten? Herta legte die Stirn in Falten, was ihr leicht fiel. Sie erinnerte sich an das Gespräch mit Frau Desario am Nachmittag. ‚Sollte mein Mann nicht in der Firma erscheinen, wäre er tot.'

Herta klatschte ein paar Mal mit der flachen Hand gegen die Stirn und sprang auf. Sie lief aus dem Zimmer und stürmte in ihr Schlafgemach zu der Truhe, in der sie Edgars Kindheit konservierte. Stück für Stück leerte sie die Truhe. Hielt zwischendurch inne, schnupperte an Edgars Babyschuhen, schmiegte ihre Wange an sein Taufhemd und begann, in der Mappe mit seinen ersten Kritzelbildern zu blättern. Sie fuhr zusammen, als Edgar „Mama" brüllte und wühlte sich schnell bis zum Boden der Truhe durch. Zufrieden stellte sie fest, dass sie die Schutzkleidung aus dem Krankenhaus, die sie beim Betreten der Quarantänestation hatte tragen müssen, aufbewahrt hatte. Nachdem sie mit Edgar schwanger war, hatte sie den Beruf als Krankenschwester an den Nagel gehängt und war nicht sicher gewesen, ob sie die Kleidung behalten hatte. Alles war vorhanden. Der Mundschutz, die Haube und sogar die Schuhüberzieher, hygienisch verpackt in einem Plastikbeutel. Sie legte ihn beiseite, räumte die Kindersachen wieder ein, nahm dann den Arbeitskittel vom Bügel und kehrte zu Edgar zurück. Aus der Kitteltasche holte sie ein paar blaue Flusen.

„Hab ich nach dem Waschen vom Lieblingspullover des Bengels gezupft damit der schön glatt aussah war ja närrisch mit seinem Pullover hab die Fussel in die Tasche gesteckt mach ich immer so mit Kram wenn nicht gleich ein Mülleimer in der Nähe ist." Herta blickte freudig, Edgar verständnislos. „Wozu ist das gut?"

Herta straffte ihren hageren Körper. „Damit schlage ich zwei Fliegen mit einer Klappe oder anders gesagt mit 'nem Fussel."

Samstag, 15.11. – 18.10 Uhr

Die Frau war müde. Die Kräfte ließen nach. Kurz vor dem Ziel. Sie lag angezogen auf dem Bett und konzentrierte sich auf den Wasserfleck an der Decke. Alleine schaffte sie es nicht.

Sie hatte genug erfahren um zu wissen, dass um Mitternacht die Entscheidung fiel. Dann musste sie zur Stelle sein. Sehen, wer von ihren beiden Spielfiguren das Ziel erreichte. Aber es ist nicht möglich, an zwei Orten gleichzeitig zu sein. Das Grundprinzip des Alibis. Also entschied sie, Erich einzuschalten, als ihre Augen und Ohren.

Erich besaß ein Fernglas. Unschätzbar wertvoll. Er hatte es auf einem Hochsitz gefunden. Es war sein kostbarstes Gut. Er liebte sein Fernglas wie andere ihr Haustier. Niemand durfte das Fernglas anfassen. Er trug es stets bei sich. An einem Lederband um den Hals unter der Kleidung. Fast immer schützte er es mit einer Hand. Es sah aus, als hätte er einen Buckel auf der Brust. Es stachelte einige seiner Kumpels an, ihm obszöne Spitznamen zu verpassen.

Sie würde Erich auf Herta ansetzen. Er sollte sie über alle Aktivitäten nach dem Auktionsende informieren. Erich vertraute ihr. Auf ihn konnte sie sich verlassen. Natürlich kam sie nicht umhin, ihm einen hübschen Batzen Geld zu versprechen. Er war ein Kind der Sechziger. Eine Mischung aus Hippie und Revoluzzer. Er hatte das kapitalistische System bekämpft und verloren. Als ehrliche Haut hatte er, im Gegensatz zu manchen seiner Molotowcocktails werfenden Kollegen, den Sprung auf höchste politische Ebenen nicht geschafft. Aber ihm fehlte auch der Schneid, jung zu sterben und zum Mythos aufzusteigen. So zappelte er im sozialen Netz einer Gesellschaft, die Verlierer zwar verachtete, sie aber am Leben erhielt.

Erich war perfekt für ihre Pläne. Sie nahm von einem Stapel Dosen das Erbsengemisch, schüttete es in einen Kochtopf und wärmte es auf einer Kochplatte auf. Dann kroch sie ins Bett, löffelte den Brei vor laufendem Fernseher und tauchte in ihre Lieblingsserie ab.

Samstag, 15.11. – 23.40 Uhr

Es war zwanzig vor zwölf, als Robert die Dachstube betrat. Er steuerte den Computer an, mit einem Mausklick ließ er den Bildschirmschoner verschwinden und erstarrte beim Anblick der Gebotsübersicht. s***n hatte aufgegeben. Ein Spieler mit dem Kürzel w***f hatte sich mit einer Summe eingeklinkt, die Robert aufnahm wie einen virtuellen Fehdehandschuh. Robert erhöhte sein Maximalgebot, obwohl die warnende Stimme in seinem Hinterkopf laut aufschrie „du Wahnsinniger". Robert brachte die Stimme zum Schweigen. Es gab nur noch ihn und den Gegner hinter der Maske w***f. Ein Duell auf Leben und Tod. Trotz des erhöhten Gebotes lag der andere weiterhin an erster Stelle.

Es blieben sieben Minuten.

Robert steigerte sein Gebot noch einmal, doch es gelang ihm nicht vorbeizuziehen. Nochmals erhöhen! Das Maximalgebot des anderen knacken. Das von Adrenalin aufgeputschte Blut rauschte in seinem Kopf. Gleichzeitig hatte er das Gefühl, sein Herz hätte aufgehört zu schlagen. Die Welt um ihn herum löste sich in ihre Bestandteile auf und er hatte das Gefühl in einem leeren Raum zu schweben.

Vier Minuten.

Robert wartete, wartete auf die alles entscheidende Sekunde. Er hoffte, dass sich nicht im letzten Moment ein weiterer Bieter einschaltete. Er versuchte, die ansteigende Nervosität zu bezähmen ebenso wie den wachsenden Hass auf seinen Gegenspieler.

Drei Minuten.

Roberts Hand klebte auf der Maus.

Zwei Minuten.

Die Unterlippe begann zu zucken. Robert wusste, dass er es nicht abstellen konnte. Es passierte immer, wenn seine Nerven aufs Höchste angespannt waren, was jedes Bewerbungsgespräch zur Tortur gemacht hatte.

Sechzig Sekunden.

Robert biss heftig auf die Unterlippe. Er erhöhte sein Maximalgebot um eine horrende Summe, klickte auf ‚Bieten'. Der Zeigefinger gehorchte kaum. Der Mausklick fiel zu schwach aus.

Vierzig Sekunden.

Nochmals! Klick auf ‚Bieten'.

Achtunddreißig Sekunden

Die Fingerspitze fast taub.

‚Gebot bestätigen'. Klick.

Nachricht: „Sie wurden gerade überboten."

Robert fauchte, nahm die Hand von der Maus, ballte sie fest zusammen, spreizte die Finger, löste den Krampf.

Nochmals. ‚Erneut bieten', runde Summe. Nachricht: „Sie sind Höchstbietender."

Zwanzig Sekunden.

Roberts Nerven lagen blank.

Zehn Sekunden, fünf, zwei, eins.

Vorbei!

„Herzlichen Glückwunsch. Der Artikel gehört Ihnen".

Langsam nahm die Welt um Robert wieder feste Konturen an. Er las den letzten Satz so oft, bis er wie ein Karussell in seinem Kopf kreiste. Erschöpft legte er die Stirn gegen den Monitor. Er hatte ein Zweihunderttausend-Euro-Boot ersteigert. Er besaß nicht einmal ein Tausendstel dieser Summe. Stornieren, raste es durch sein Gehirn. War es möglich, seinen Lebenstraum zu stornieren? Weitere Überlegungen musste er abbrechen.

Das Telefon schrillte.

Sonntag 16.11. 0.10 Uhr

Ohne sich auszuziehen, legte Herta sich aufs Bett. Nur die Schuhe hatte sie abgestreift. Sie schlief schlecht und warf sich unruhig hin und her.

Sie lag rücklings auf dem Boden, Hände und Füße angepflockt, neben ihr, riesenhaft, Marthas Untermieter, der sie mit Ein-Euro-Münzen bewarf. Hundertfach, millionenfach und bei jedem Wurf lachte er höhnisch.

Herta wachte auf, bevor die Last des Geldes sie zerquetschte. Scheiße, dachte sie und kramte ein Nachthemd raus, weil ihre Kleidung durchgeschwitzt war. Nachdem sie sich umgezogen hatte, ging sie, ziemlich benommen, zu Edgar. Es war 0.15 Uhr.

Edgars matte, leidende Grundhaltung war einer fiebrigen Erregung gewichen. Seinen Trojaner hatte er auf Roberts PC geschleust und nun spielte er Ping Pong zwischen Robert und Desarios E-Mail-Postfächern.

„Werden wir reich Junge?" Herta stierte auf den Bildschirm des PC's.

„Er hat es! Er hat das Boot ersteigert, Mami!" Edgars Gesicht glühte. „Wie erwartet, hat Desario ihm gemailt. Ich habe die Mail in Roberts Postfach abgefangen und gleich gelöscht. Später sende ich unserem ahnungslosen Goldesel unter Desarios Identität den Text, der uns zum Schotter führt." Aus Edgar sprach das blühende Leben.

„Brav mein Junge", sagte Herta und schnalzte begehrlich mit der Zunge, und du weißt, ich werde meine Sache auch gut machen."

„Ja, ich weiß. Aber", Edgars Gesicht wurde plötzlich ernst, „dir ist klar, dass unser Vorhaben eine Zitterpartie wird."

Sonntag, 16.11. – 00.10 Uhr

Robert sah unwillig zu dem Apparat hin. Er ließ ihn läuten. Aber es hörte nicht auf. Was soll's. Er hatte gerade ein Boot ersteigert, das er niemals würde bezahlen können. Also war es egal, ob er sich nachts einem Verrückten auslieferte. Er nahm den Hörer ab. Er hatte es gewusst – merkwürdige Laute, unverständliche Worte. Zeitweise klang es, als würde die Sprache durch eine Störung in der Leitung zerhackt. Robert lauschte eine Weile und wollte gerade auflegen, als er seinen Namen hörte. Das einzige deutliche Wort. Nun formte sich aus dem Gesabbel am anderen Ende der vertraute Klang einer Stimme: Martha. Robert legte den Hörer langsam zurück. Der Weg war kurz, um herauszufinden, ob Martha seine Hilfe brauchte oder ob es sich tatsächlich nur um eine Störung in der Telefonleitung handelte. Lustlos, mit bleiernen Gliedern schleppte er sich die Treppe hinunter und öffnete die Wohnzimmertür.

Marthas massiger Körper war zur Seite gekippt, ihr Kopf auf ein hellblaues Sofakissen gesunken, aus dem das Gesicht quallenartig hervorleuchtete. Der rechte Arm hing schlaff herunter und aus den zusammengequetschten Gesichtspolstern ergoss sich ein Strom unverständlicher Wörter. Das Telefon war vom Sofa gerutscht, der Hörer lag tutend daneben.

Robert fluchte. Den barmherzigen Samariter zu spielen, hatte ihm gerade noch gefehlt. Aber er konnte nicht umkehren. Martha hatte ihn bemerkt, wie sie durch heftig ausgestoßene Laute deutlich machte.

Es ist keine große Sache, den Notarzt anzurufen und auszuharren, bis sie abgeholt wird, trieb Robert sich in Gedanken an, obwohl sein eigenes Problem ihn marterte. Gute Taten werden belohnt, dachte er und lachte über diesen dummen Satz.

Robert tätschelte Marthas Schulter: „Halte durch Martha, Hilfe kommt gleich."

Nachdem er den Hörer aufgenommen und wieder für ein Freizeichen gesorgt hatte, begann er die Tasten für den Rettungsdienst zu drücken. Er tippte die Eins. Sein Finger berührte schon ein zweites Mal die Eins, als das Schicksal ihm mit sanftem Druck über den Rücken strich. Es war einer dieser Momente, in denen einem das Leben die rosarote Brille aufsetzte, damit man die große Chance erkannte. Die sprudelnde Quelle am Ende eines langen Marsches durch die Wüste. Marthas Geld. Ein Endorphinschauer durchlief Roberts Körper. Er erzitterte. Rang um seine Stimme, die vor lauter Glücksgefühl versagte, und sprach in das stumme Telefon. Er nannte Marthas Adresse, erklärte, dass er der Untermieter sei und schloss mit den Worten: „Beeilen sie sich. Vermutlich Schlaganfall."

Die letzten Worte hatte er laut gesprochen. Der Hörer fiel krachend auf die Gabel und Robert drehte sich zu Martha um.

„Gleich kümmert sich ein Arzt um dich. Sag mir wo dein Geld ist. Du erinnerst dich? Dein gespartes Geld für die noble Altenherberge. Ich muss wissen, wo es ist, wenn ich für dich sorgen soll."

Aus der verkleinerten Öffnung ihres Mundes quollen Wörter über Wörter, die keinerlei Sinn ergaben. Roberts Unterlippe zuckte. Was blieb ihm anderes übrig, als auf gut Glück zu suchen. Zuerst durchwühlte er die Schubladen der Kommode. Nichts! Kein Sparbuch, keine Kontoauszüge. Die EC-Karte, an der eine Heftklammer den Zettel fixierte, auf den Martha die Geheimnummer notiert hatte. Er nahm sie an sich. Vielleicht...? Nein! Er schleuderte sie wütend zurück. Es lohnte nicht. Es war Marthas Konto, auf das die Rente einging und er wusste, dass es dort nichts zu holen gab.

Er inspizierte das Buffet, das Wohnzimmer- und Küchenschrank in einem war. Nichts! Kein Hinweis auf ein Guthaben oder ein weiteres Konto. Kein Schlüssel, der zu einem Schließfach hätte gehören können.

Vielleicht im Schlafzimmer. Im Nachttisch oder unter der Matratze. Alte Menschen hatten seltsame Angewohnheiten. Nichts! Er wagte nicht, die Matratze aufzuschlitzen. Niemand durfte bemerken, dass hier jemand etwas gesucht hatte. So tastete er sie Zentimeter für Zentimeter ab in der Hoffnung, auf verdächtige Unebenheiten zu stoßen. Aber er kratzte sich nur an einer hervorstehenden Sprungfeder. Roberts Unterlippe zuckte unerträglich. Er marschierte zum Sofa, setzte sich neben die brabbelnde Martha, packte sie an den Schultern und schüttelte sie.

„Das Geld, Martha, wo ist das Geld."

Martha bemühte sich verzweifelt zwischen ihren halbgelähmten Lippen einen vernünftigen Satz zu formen.

„Kümmern, Jungchen. Genug da. Auch für dich."

„Wo?"

Martha röchelte. Robert biss sich kräftig auf die Unterlippe. Seine Angst wuchs. Martha würde sterben, bevor er erfuhr, wo die Millionen waren.

Marthas linker Arm lag begraben unter dem Gewicht ihres Körpers. Mit dem rechten, der bis dahin schlaff heruntergehangen hatte, startete sie plötzlich den Versuch, auf etwas zu zeigen. Nach einigen kläglichen Anläufen gelang es Martha, den Arm zu heben und in eine Richtung zu weisen. Zur Decke. Robert wurde kreidebleich. Vier Meter über ihm dämmerte eine Stuckdecke ihrem Verfall entgegen. Während er sich noch fragte, wie er schnell und unauffällig den Verzierungen ihr Geheimnis entreißen sollte, schwankte Marthas Arm plötzlich und wies nach unten. Robert folgte der Bewegung und starrte auf den abgelaufenen PVC-Belag. Darunter befand sich, wie er einmal festgestellt hatte, ein abgenutzter Parkettboden. Er schrie auf:

„Da unten!"

Wie sollte er in der Kürze der Zeit die richtige Stelle finden, das Parkett aufstemmen und anschließend alles so herrichten, dass niemand Verdacht schöpfte? Paralysiert fixierte er einen Punkt in dem Bewusstsein, wie außerordentlich groß die Fußbodenfläche war. Martha musste ihm einfach die genaue Stelle zeigen. Irgendwie würde er sie dazu bringen. Eine Bewegung löste ihn aus seiner Starre. Er sah wie Marthas Arm einen epileptischen Tanz aufführte, stockte und geradeaus zeigte.

„Die Terrasse!"

Robert sprang in Richtung Terrassentür und stieß die beiden Flügel weit auf. Das Licht des Dreiviertelmondes, den vorbeiziehende Wolken ab und zu freilegten, genügte ihm. Er riss verdorrte Pflanzen aus Tontöpfen und Kübeln und suchte die Böden nach eingepackten Geldscheinen ab. Er durchwühlte Blumenerde, hüpfte auf den Steinfliesen auf und ab, um herauszufinden, ob welche locker waren. Er zerrte die nostalgische Wandlampe aus ihrer Halterung in der Hoffnung, dahinter das Geld zu entdecken. Nichts! Er blickte wild um sich. Zerbrochene Blumentöpfe. Die Terrasse mit Erde bedeckt. Einen Moment lang streifte ihn die Sorge, durch den Radau könnte jemand aufmerksam geworden sein. Dann zuckte er die Schultern und durchpflügte die Erde mit der Schuhspitze. Kickte gegen Tonscherben und zerrupfte, mit einem letzten Funken Hoffnung, das Immergrün der Eibe. Nichts. Enttäuscht, durchfroren und mit Erde verschmierten Händen trat er neben Martha.

„Sag es! Sag endlich, wo das verdammte Geld ist!"

Marthas Atem ging angestrengt. Wieder mühte sie sich ab, auf etwas zu zeigen und Robert erkannte, wie sehr sie sich quälte, ein Wort klar auszusprechen. Er kniete neben dem Sofa nieder und hielt sein Ohr nahe an Marthas Mund.

„Ja, Martha, ja, was sagst du?"

Doch die Anstrengung war vergeblich. Ihr Brabbeln brachte nur noch Bläschen hervor, Spucke rann aus den Mundwinkeln. Ihr Arm, der sich noch einmal aufgerafft hatte, fiel herunter. Martha war tot. Die Augen vollkommen in den Fettpolstern verschwunden.

Robert erhob sich. Betrachtete alles durch einen dichten Nebel, bemüht herauszufinden, in welche Richtung sie zuletzt gedeutet hatte, und begriff endlich. Das Asthmaspray. Die ganze Zeit hatte sie versucht, ihn auf das Spray, das aus unerfindlichen Gründen auf dem Tisch lag, aufmerksam zu machen. Er sackte zusammen, plumpste in den Sessel und heulte los. Er heulte Rotz und Wasser, schluchzte jämmerlich, presste sein Gesicht in die erdigen Hände und gab sich hemmungslos dem Schmerz hin. Er hatte niemals geweint. Nicht einmal, wenn der Pflegevater laut „Jailhouse Rock" aufdrehte und im Takt den Gürtel über seinen Körper hüpfen ließ.

Dann war es vorbei. Die Tränendrüsen waren leer. Er stand auf, ging ins Badezimmer, wusch sich Gesicht und Hände und trottete ins Wohnzimmer zurück. Morgen würde er den Notarzt anrufen.

„Ich bin wie gewöhnlich zu Frau Gruber runtergegangen um das Frühstück zu machen, dabei habe ich sie so vorgefunden", formulierte er in Gedanken, „und dann gleich …" Robert stockte der Atem und das Blut schoss ihm brennend durch die Adern. Er hatte das rote Tuch nicht beachtet. Ein Stückchen davon lugte unter Marthas weißem Haar hervor. Es war die Kosmetiktasche aus rotem Samt, über die sie eifersüchtig gewacht hatte. Einmal hatte er nach der Tasche gegriffen, weil er die Nagelfeile, die Martha darin aufbewahrte, benötigte. Sie war so wütend geworden, dass er ernsthaft geglaubt hatte, sie würde sich auf ihn stürzen und ihn unter ihrem Zentnergewicht begraben.

Robert grinste. Er zog die Tasche unter Marthas Kopf hervor und schüttete den Inhalt auf den Tisch. Kosmetika, Nagelfeile und schere, Pinzette, ein kleiner Spiegel, ein Schweizer Taschenmesser und ein altmodischer Schlüssel aus schwarzem Metall, das abgenutzte hellere Stellen aufwies.

Robert rockte nach „Jailhouse Rock", das in seinem Kopf ablief, durchs Zimmer. Ein Freudentanz. Er hatte den Schlüssel zum Gral gefunden, zu seinem ganz persönlichen Lebenselixier. Es war der Schlüssel zum Keller.

Sonntag, 16.11. – 02.00 Uhr

Roberts Blicke stürzten in einen schwarzen Abgrund. Licht gab es nicht. Seit damals funktionierte es nicht mehr. Wie tief es runterging, war nicht abzuschätzen. Der Strahl der Taschenlampe floss über die Stufen, zeigte an, wie schmal sie waren. Steinstufen, deren Ränder teilweise abgewetzt waren. Robert setzte vorsichtig einen Fuß auf die erste Stufe, seitlich gestellt, als gelte es, einen rutschigen Abhang zu bewältigen. Der hölzerne Handlauf wackelte bedenklich und der kleine Lichtkreis der Taschenlampe führte Robert tiefer und tiefer. Dann war er unten angelangt. Der Lichtschein fiel auf rohe Steinwände. Der Keller hatte kein Fenster und wirkte, als sei er eine in den Felsen geschlagene Höhle. Auf dem Boden lag eine dicke Staubschicht. Ein widerlich süßlicher Geruch nach Verfaultem, das im Laufe der Jahre eingetrocknet war, durchzog den Raum. Wie soll ich hier etwas finden, dachte Robert verzweifelt. Er ließ den Lichtkegel wandern. Der Schein huschte über das Kartoffelgeschoss, einen großen Kasten aus rohem Holz gezimmert, in dem einstmals große Mengen Kartoffeln aufbewahrt wurden, bevor es handliche eineinhalb Kilonetze für den Single-haushalt gab. Der Kasten stand auf vier Holzpflöcken und die Bodenlatten hatten Zwischenräume, damit Luft an die Erdäpfel kam. Jetzt stieg ein modriger Geruch aus der verrotteten, mumifizierten Masse auf.

Der Lichtkegel erfasste die Werkbank, die dastand wie ein Kunstwerk von Boys. Fingerdicke Staubfäden verliehen dem liegengebliebenen Werkzeug bizarre Konturen. Robert erkannte Schraubenzieher, Säge, Hammer, kleine Kästchen mit Nägeln und eine angefangene Laubsägearbeit. Ein Highlight war die Tequilaflasche mittendrin, deren Verschluss ein Sombrero zierte. Weiter glitt der Lichtschein. Regale mit Farbtöpfen, ein Schränkchen mit Schubladen. Robert stöhnte auf. Wo sollte er suchen? Frustriert rüttelte er an den Schubladen, in denen die dünnseidenen Gerippe verendeter Spinnen lagen und, kaum erkennbar unter grauen Staublagen, Bleistifte und Notenpapier.

Mit großem Widerwillen schob Robert die Farbtöpfe auseinander, leuchtete jede Ecke aus. Aber es gab nichts, das Versteck eines Vermögens hätte sein können. Die Wände waren massiv. Robert konnte sich nicht vorstellen, dass Martha irgendwo dort eine Öffnung hineingebohrt hätte, um die Millionen zu verstecken. Trotzdem leuchtete er sie systematisch ab. Enttäuscht schlich er Richtung Kellertreppe. Vielleicht brauchte er nur mehr Licht. Wenn sie morgen Martha abgeholt haben, durch-suche ich alles noch einmal gründlich, ich werde das Geld schon finden, tröstete er sich. Er durfte den Gedanken nicht zulassen, dass der Fund des Schlüssels sinnlos gewesen war.

Für einen Augenblick heftete sich Roberts Blick auf den Boden vor der Kellertreppe. Dort musste Heinrich gelegen haben. Garniert mit Kartoffeln, irgendwo der zerrissene Sack. Robert hätte es nicht erklären können, aber plötzlich schien es einleuchtend, bei denen zu suchen, die das Unglück ausgelöst hatten. Er hielt sich die Nase zu, beugte sich tief über das hölzerne Kartoffelgeschoss und sah einen Jutesack, der innen an einem Nagel aufgehängt war. Es blieb ihm nichts anderes übrig, als hinein-zuklettern, um den Sack vom Nagel zu nehmen. Unter den Sohlen schmatzte die schwarz-bräunliche Masse. Keuchend kletterte er zurück, setzte sich auf die unterste Treppenstufe, riss den Sack auf und legte eine Blechdose frei, deren Deckel anzeigte, dass sie einmal Kekse enthalten hatte. Er zögerte. Sie war nicht sehr groß. Unmöglich konnte sie sechs Millionen bergen. Robert würgte den Klumpen in seinem Hals nieder und hob den Deckel ab. Eine Geldkassette. Viel zu klein für das große Geld. Er drehte den winzigen Schlüssel, der steckte, klappte den Deckel hoch und entnahm den Inhalt. Es dauerte eine Weile, bis er begriff, was er da in den Händen hielt.

Sonntag, 16.11. – 07.30 Uhr

Sie holten Martha frühmorgens. Bart-stoppelgesicht des Bestatters, der Gehilfe unausgeschlafen, entsetzter Blick des Bestatters auf Martha. Dann grollend zu Robert:

„Das hätten Sie sagen müssen, dass Ihre Oma Übergröße hat."

„Vermieterin." Robert war übernächtigt, fror in der ungeheizten Wohnung und sah überzeugend mitgenommen aus.

„Das dauert jetzt." Der Bestatter telefonierte und nach einer halben Stunde trafen zwei weitere Männer mit einem XXL-Sarg ein, in den sie gemeinsam Marthas schweren Körper wuchteten, ihn anschließend auf ein Fahrgestell hoben und, vor Anstrengung keuchend, in den Leichenwagen verfrachteten.

Nur in Hemd und Hose, schlotternd vor Kälte, verfolgte Robert den Abtransport.

Die Heckscheibe knallte zu, der Leichenwagen rollte an. Bedrückt blickte Robert auf den Notarzt, der einen natürlichen Tod bescheinigt hatte.

„Sie war die beste aller Vermieterinnen."

Der Arzt winkt einen kurzen Gruß: „Beileid."

Da Martha keine Angehörigen hatte, würde sie ein ‚Staatsbegräbnis' bekommen. Anonym auf einem Kommunalfriedhof begraben unter einer alle gleichmachenden Grasfläche. Trauergäste gab es nicht. Sang- und klanglos würde sie in die Ewigkeit eingehen. Das machte Robert traurig. Aber die Welt rief nach ihm. Er stürmte in die Dachstube und las die Mail, die Gerald Desario ihm geschickt hatte:

„Da ich die Übergabe vor Bürobeginn abwickeln möchte, bitte ich Sie, mich Montagmorgen, sechs Uhr, im Hafen, Bootssteg D, zu treffen. Überweisen Sie die Kaufsumme auf das angegebene Konto. Falls ich zum vereinbarten Zeitpunkt nicht erscheine, hat mich eine geschäftliche Aktion länger aufgehalten. Das sollte Sie nicht hindern. Nehmen Sie das Steuer in die Hand und fahren Sie los. Die Bootspapiere liegen auf dem Tisch im Salon. Ich wünsche Ihnen eine gute Fahrt. MfG, Gerald Desario".

Roberts Hände zitterten als er den Inhalt der Kassette ausbreitete. Verschiedene Papiere über die Auszahlung des Lottogewinnes, über die Eröffnung eines Kontos in Luxemburg. Kontonummer, Passwort, Platinkarte, Pin-Code. Nun würde sich zeigen, was der Fund wert war. Robert rief das Homebanking auf und gab Kontonummer und Passwort ein. Er jubelte. Er war drin. Heinrich Grubers Online-Banking war noch aktiviert und lief nun unter Marthas Namen. Die nächste Hürde war zu nehmen. Roberts Unterlippe zuckte. Er presste die linke Faust gegen die Lippe. Mit der rechten Hand, die er nur mühsam unter Kontrolle bekam, begann er, die Daten für die Transaktion der Kaufsumme auf Desarios Konto einzugeben. Alles verlief reibungslos. Robert atmete erleichtert auf. Es hatte geklappt. Den Reichen schaute keiner auf die Finger. Das restliche Geld würde er vor Ort bar abheben. Da niemand von dem Konto wusste, würde die Bank auch keine Todesnachricht erhalten.

Robert schaltete den PC aus und begann, sich voller Enthusiasmus auf die Fahrt vorzubereiten. Aus dem Kleiderschrank zerrte er den Seesack, den Hendrik ihm geschenkt hatte, mit allem, was man für die Seefahrt benötigte. Er schlug die Handbücher auf, studierte die Karten, suchte im Führer für die Binnenfahrt die Verbindungswege und erarbeitete die Route, die ihn über Kanäle und Flüsse auf das Mittelmeer führen sollte. Hinaus aus dem Hafen seines provinziellen Heimatortes, über den

Dortmund-Ems-Kanal, weiter auf dem Rhein-Herne-Kanal und von da aus auf dem Rhein bis Breisach. Von dort würde er bis nach Lauterbourg zur deutsch-französischen Grenze schippern, dann auf die Rhone gelangen.

Robert träumte. Er segelte an Fischerdörfern und Weinbergen vorbei, erreichte Avignon und Arles. Er würde das Licht sehen, das van Gogh in seinen Bildern eingefangen hatte. Er würde die weißen Pferde der Camargue am Ufer vorüberziehen sehen und dann von Port-Saint-Louis-du-Rhone aus auf das offene Meer fahren.

Sonntag, 16.11. – 16.50 Uhr

Der späte Nachmittag tauchte den Hafen in ein dämmriges Licht. Die wenigen Hafenlaternen erzeugten gelbe Flecke. Sie zerschmolzen auf dem Wasser, das im Hafenbecken schmierig-schwarz gegen die Kaimauer schwappte. Zu dieser Jahreszeit waren die umliegenden Restaurants geschlossen. Veronicas Stiefelabsätze hallten auf den gepflasterten Wegen. Wie ein schlafendes Ungeheuer wirkte das stille Areal auf sie. Von plötzlicher Angst gepackt, Aufmerksamkeit zu erregen, verlagerte sie das Gewicht auf die Zehenspitzen, um lautlos der imaginären Bedrohung zu entkommen.

Sie kannte den Hafen belebt mit plaudernden, lachenden Menschen, sommerlich, von einem hellen, warm duftenden Wind durchweht. An diesem einen und einzigen Tag, den sie dort verbracht hatte, als Gerald die Jacht auf ihren Namen taufte. Sie waren hinausgefahren und ihr war schlecht geworden. So elend hatte sie sich noch nie gefühlt und

Gerald zerknirscht erklärt, dass sie das Boot nie wieder betreten würde. Langsam war ihr klar geworden, warum er damals so verständnisvoll reagiert hatte. So ungewohnt verständnisvoll.

Nur vier Schiffe lagen noch im Hafen. Die anderen hatten ihr Winterquartier in der Halle bezogen oder waren von ihren Besitzern in mediterrane Gewässer gesteuert worden. Das menschenleere Gelände wirkte beängstigend und Veronica hastete an der Hafenkante vorbei, bis sie Bootssteg D erreichte. Dort angelangt, zog sie die Stiefel aus. Der feuchte Boden durchnässte ihre Seidenstrümpfe, als sie den Steg hinablief. Sie missachtete die Kälte, die an ihren Beinen hochkroch. Sie wollte Gerald überraschen. Obwohl Ekel ihre Kehle zuschnürte, hoffte sie trotzdem inständig, Gerald in einer verfänglichen Situation zu erwischen. Dann hätte sie endlich einen Grund, Lilian aus seiner Nähe zu entfernen.

Aus dem Innern des Bootes drang kein Lichtschein und die Ruhe war beklemmend. Nachdem Veronica an Deck geklettert war, stieg sie die wenigen Stufen zur Kajüte hinab und stand unmittelbar in der Kombüse, die frostig kühl war. Gespenstisch fiel ein Rest von Tageslicht durch das Bullauge. Auf der Arbeitsplatte lagen Sandwichscheiben, schlaffe Salatblätter, erstarrte Butter, Käse und Wurst mit vertrockneten Rändern. Der Geruch nach abgestandenem schwarzen Tee lag in der Luft. Veronica tastete sich vorsichtig tiefer in den Raum. Sie presste heftig die Lippen aufeinander, um den Schmerzensschrei zu unterdrücken. Sie war auf etwas Hartes getreten und zog rasch den Fuß zurück. Auf dem Boden verstreut lagen dicke Stücke von Kandiszucker und eine zerbrochene Kristallschale, inmitten der Scherben die Schiffsglocke.

„Gerald?" Ein trockenes Flüstern.

Sie betrat den Salon. Blass sickerte Licht durch die Decksluken, hing vor den Bullaugen, lagerte schummrig auf den Dingen. Verwundert sah Veronica auf die Unordnung. Der überfüllte Aschenbecher mit einer halb aufgerauchten Zigarre. Das Cognacglas, in dem ein Rest Flüssigkeit eingetrocknet war. Auf den Lederpolstern der Bank gab es ein Durcheinander von zerdrückten Kissen. Geralds CDs, die er sorgsam hütete, lagen verstreut auf dem Regal, dazwischen eine offene Sektflasche. All das widersprach Geralds Absicht, das Schiff aufzuräumen.

„Gerald." Fast tonlos. Ihr Herz schlug stark, als wollte es aus ihrem Körper ausbrechen.

Sie ging mit steifen Schritten durch den Salon bugwärts zur Koje. Sie zögerte, bevor sie die Tür beiseiteschob. Was erwartete sie? Gerald krank, schwer verletzt? Das Bett war zerwühlt. Daneben die Reisetasche, leer. Alle Kleidungsstücke waren ordentlich im Schrank verstaut. Er hatte nicht gepackt, wie er es vorgehabt hatte, angeblich. Veronica schwankte zwischen Wut und Furcht. Wo war Gerald? Bei einer seiner …? Zögernd schaute sie in die Duschkabine, sah die Tropfen an den Wänden und nahm den Duft von Geralds Duschgel wahr. Wie elektrisiert ging sie nochmals durch alle Räume und rief nun lauter Geralds Namen. Dann kletterte sie zurück an Deck. Sie spürte ihre Füße kaum noch. Der Wind blies eisig über das Wasser und Veronica stützte sich an der Reling ab, um ihre Stiefel anzuziehen. Gerald hatte das Schiff verlassen. Wozu?

Sie war gespannt auf seine Geschichte. Sie zerrte am Stiefelschaft. Schimpfte leise. Ihre Finger wollten nicht gehorchen. Sie waren fast taub unter dem feinen Leder der Handschuhe, die höchstens zum Autofahren und Shopping taugten.

Von weit her drang ein Laut zu ihr, der wie ein Aufstöhnen klang. Veronica hielt inne. Einen Stiefel halb angezogen, den anderen in der Hand lauschte sie in den Wind, neigte den Kopf tiefer über die Reling, als könne sie dadurch ergründen, ob der Laut aus dem Wasser hochstieg. Sie war überzeugt, dass das Geräusch aus der Tiefe gekommen war. Sie drehte sich wieder zum Deck.

„Gerald!"

Im Schein einer Hafenlaterne, die ihr fahles Licht auf das Schiffsdeck warf, verschwammen die Konturen. Sie glaubte, eine schwankende Gestalt zu sehen. Erneut gequältes Stöhnen. Diesmal war sie sich ganz sicher, dass es von unten kam, direkt unter ihr. Erst jetzt fiel ihr auf, dass sie auf der Falltür des Ankerkastens stand. Sie trat beiseite, bückte sich und zog die Tür hoch. Zwischen Anker und Winde lag ein Körper gequetscht, den Kopf in ein weißes Badehandtuch gewickelt. Sie erkannte das Firmenlogo. Gerald hatte mehrere dieser Handtücher anfertigen lassen und an Kunden verschenkt. Es war etwas verrutscht und sie sah blonde Haarsträhnen und einen Streifen der rechten Gesichtshälfte, die so weiß war wie das Handtuch. Bis auf eine rötliche Flüssigkeit, die sich stellenweise in das Frottee gesaugt hatte. Blut? Veronica atmete gepresst. Sie tastete nach der Minitaschenlampe, die normalerweise im Handschuhfach des Autos verstaut war und die sie vorsichtshalber eingesteckt hatte. In dem kleinen Lichtkegel sah sie, wie das Tuch sich über der Mundpartie leicht hob und senkte.

Das Grauen lähmte sie fast. Mit spitzen Fingern griff sie nach dem Handtuch und zog es weg. Geralds Gesicht, oder das, was davon übrig war, lag frei. Die linke Seite war entstellt und, ebenso wie das blonde Haar, blutverschmiert. Das Auge auf dieser Seite war nicht mehr erkennbar. Das andere war geschlossen. Veronica entspannte sich. Wie tröstlich war es, Gerald hilflos zu sehen. Umso mehr schrak sie zusammen, als er plötzlich das unverletzte Auge aufschlug und sie sein vertrauter durchdringender Blick traf. Er bewegte die Lippen und sie war sicher, dass er ihr Anweisungen geben wollte, aber seinem Mund entrang sich nur ein schmerzlicher Klagelaut. Veronica ließ den Kastendeckel fallen und verschloss ihn. Dann streifte sie hastig den schon übergezogenen Stiefel ab und verschwand so unauffällig wie möglich, auf leisen Sohlen in Seidenstrümpfen.

Der Kussmauljaguar schoss auf die Fußgängerampel zu. Veronica sah Rot aufblitzen, dann die Frau, eine unwirkliche Gestalt, die das diesige Licht plötzlich entworfen und vor ihre Stoßstange gestellt hatte. Veronica wirbelte das Lenkrad nach rechts, schlenkerte an die Bordsteinkante, ratschte daran entlang und hörte das Kreischen aufreißenden Blechs. Sie steuerte den Wagen auf die Fahrbahn zurück, sah im Rückspiegel die Frau, wie festgeschraubt mitten auf der Straße. Veronica beschleunigte und die Frau verschwand rasch aus ihrem Blickfeld. Gerald bringt mich um, war alles, was Veronica denken konnte. Sein

Lieblingswagen hatte Schrammen. Sie drosselte die Geschwindigkeit kaum, als sie von der Hauptstraße auf eine löchrige Asphaltstraße abbog, die an Feldern und einem Friedhof entlangführte. Sie sah den Parkplatz, trat in die Bremsen, der Wagen rappte bis zu einer Haltebucht, wo Veronica ihn zum Stehen brachte.

Sonntag, 16.11. – 17.15 Uhr

Die alte Frau schaute dem Jaguar nach. Lächelte böse. Erst als der nächste Wagen laut hupend auf sie zuraste, schlurfte sie langsam auf den Bürgersteig zu, während der Fahrer genötigt war, auszuweichen und sie in einem großen Bogen zu umfahren. Durch Dauerhupen verlieh er seinem Zorn Ausdruck. Die Alte ging keinen Schritt schneller. Sie stolperte über die Bordsteinkante, fand Halt an einem Gartenzaun und atmete tief durch. Mager, hart und sehr weiß zeichnete sich ihr Gesicht im grellen Licht der Straßenlampe ab.

Sie hatte die Frau hinter der Windschutzscheibe erkannt. Die Frau, zu der die Putze montags und samstags ging. Die Frau aus dem Stahl- und Glashaus. Die Frau, die sie nicht einkalkuliert hatte.

Vor gut zwei Stunden hatte Erich sie angerufen und sie hatte sich unverzüglich auf den Weg zum Hafen gemacht. Erich hatte sie hinter dem aufgebockten Boot, das der Jacht schräg gegenüber lag, erwartet. Unter einer Mütze mit Ohrenklappen sah er ihr neugierig entgegen. Im Allgemeinen verlief sein Leben nicht besonders abwechslungsreich. Er inhalierte eine Selbstgedrehte mit Marihuana aus eigenem Anbau.

„Spinnst du?!" Die Frau schlug ihm die Zigarette aus der Hand und trat sie aus. „Wenn man den Qualm sieht? Oder riecht."

Erich sah sie mit Hundeaugen an und begann dann aufgeregt zu berichten:

„Diese Tante, die ich beobachten sollte, muss gleich eintreffen."

„Idiot. Du solltest hinter ihr bleiben."

„Hinter einem Fahrrad? Mach dich nicht ein. Sie ist eindeutig auf dem Weg hierher. Übrigens das Taxigeld hat nicht gereicht. Krieg noch 12,00 Euro."

„Du kriegst …", die Alte biss die Zähne zusammen. „Später."

„Worum geht es eigentlich?" Erich flüsterte jetzt.

Herta Hagen marschierte auf die Jacht zu.

„Geht dich nichts an."

„Ich tipp mal auf Erpressung. Egal was dabei rumkommt, ich will die Hälfte." Erichs Hundeaugen verwandelten sich in Katzenblick vor dem Mauseloch.

„Klar", hatte sie leise und inbrünstig gesagt. „Schicksalsgenossen teilen." Dann hatte sie das Handy gezückt.

In der Richtung, aus der der Jaguar gekommen war, lag der Hafen. Die Alte murmelte Flüche. War die Blonde ihrem Ehemann auf das Schiff gefolgt? Sie lauschte angestrengt in den dämmerigen Nachmittag. Keine Krankenwagen- oder Polizeisirene zerriss die Stille. Die Alte zitterte, zog den Mantel fester um sich und machte sich wieder auf den Weg. Zurück! Sie musste unbedingt zurückgehen und sich Gewissheit verschaffen. Es war ein gewagtes Spiel. Aber es war auch die Chance ihres Lebens ein echtes Leben zu bekommen.

Sonntag, 16.11. – 17.20 Uhr

Erschöpft sank Veronika in die weiche Lederpolsterung und schloss für einen Moment die Augen. Der Frau geht es gut. Alles ist gut. Alles ist gut, turnte es durch ihren Kopf. Dann tauchte Geralds bleiches Gesicht vor ihr auf. Sie sah wieder das Blut an der Kopfwunde und fühlte eine ungeheure Last von sich abfallen.

Sie ließ die Wagenscheibe herunter und genoss die kühle Luft. Dann wurde ihr Blick von Großbuchstaben auf einer schalenförmigen Wand magisch angezogen. KREMATORIUM. Aus zwei dünnen Schornsteinen stieg Rauch. Ein Hauch von Rauch. Oder bildete sie sich das ein. Aber aus dem Inneren des runden Gebäudes hinter der Wand klang ein dumpfes Pauken. Es arbeitete, und Veronica hatte das Gefühl, ihr Herzschlag glich sich dem monotonen Takt an. Ein Auto jagte über den Parkplatz in die Einfahrt des Krematoriums und kam nach wenigen Minuten wieder heraus. Ein Leichenwagen. Der nächste folgte schnell. In kurzen Abständen lieferten sie ihre Fracht ab. Veronica hatte einen Logenplatz, vor dem sich das Geschäft mit dem Tod abspielte. Einer dieser Wagen würde Gerald transportieren. Er hatte es schriftlich festgelegt, nach seinem Tode verbrannt zu werden. Danach würde sie ihn als ein Häufchen Asche – die Vorstellung brachte sie zum Lachen – der See übergeben.

Der Parkplatz war von Sträuchern umsäumt, nüchtern erhellt durch zwei Straßenlampen. Auf einem Rondell erhob sich das Geripppe eines Strommastes, auf dem sich Krähen niedergelassen hatten. Ab und zu breitete eine die Flügel aus, glitt zur Erde und stolzierte über die Wiese, auf der Suche nach Futter. Der Wind trieb Pappbecher, Papiertüten und verschmierte Pommes-Schalen über den leeren Parkplatz.

Stirbst du in diesem Augenblick oder bist du schon tot? Veronica sah die schwarzen Vögel, den Müll, die Leichenwagen und hatte wieder das das Gefühl, im Auto sitzend, dem absurden Geschehen auf einer Freilichtbühne zuzuschauen, während ihr Mann starb. Noch konnte sie zum Boot zurückfahren, einen Arzt rufen. Möglicherweise war es zu spät. Zumindest hätte sie ihre Pflicht getan und müsste sich keinen Vorwurf machen. Vielleicht aber wäre er zu retten. Bei dem Gedanken überlief sie eine Gänsehaut. Trotzdem ließ sie den Motor an, um zum Hafen zurückzukehren. Dann schaltete sie ihn wieder aus. Plötzliche Tränen verschleierten ihren Blick. Sie wischte sie mit einem Taschentuch energisch weg. Dabei streifte sie die Narbe.

Das zehnjährige Jubiläum der Firma stand bevor und Gerald hatte ihr zur Feier eine Nerzjacke gekauft. Sie hatte sich in den weißen Pelz gehüllt und lange im Spiegel betrachtet, während Gerald hinter ihr gestanden und sie mit berechnenden Blicken abgetastet hatte.

„Du siehst umwerfend darin aus", hatte er gesagt. „Ich wette, allein dein Anblick wird mir neue Kunden verschaffen."

Was dann folgte, stand Veronica so deutlich vor Augen, als wäre es gerade eben geschehen. Sie hatte die Jacke zu Boden fallen lassen. „Das werde ich niemals tragen". Gerald war so überrascht gewesen, dass er sie zum ersten Mal nach einem Grund fragte.

„Ich trage kein gequältes Leben", hatte sie gesagt. Er hatte sie ausgelacht.

„Dummchen. Die Viecher sind sowieso tot. Willst du, dass sie umsonst gestorben sind?", hatte er gespöttelt. „Spar dir deine pubertären Tierschutzallüren. Heute Abend trägst du das Ding."

Gelassen hatte er das gesagt, in diesem besonderen Tonfall, der ihr klarmachte, dass jeder Widerstand reine Zeitverschwendung wäre. An dem Abend hatte sie den Pelz getragen. Danach ersetzte sie ihn heimlich durch einen Webpelz. Es schien gefahrlos. Wenn Gerald sie einmal in einem Kleidungsstück effektiv eingesetzt hatte, schwand sein Interesse daran schnell.

Eines Abends jedoch stand Gerald im Salon vor dem brennenden Kamin, mit einem verdreckten Stück Fell in der Hand.

„Sag du mir, wo ich es gefunden habe", befahl er ruhig.

„In der Hundehütte", hatte sie geantwortet.

Nachdem sie mit Lilian eingezogen war, hatte Gerald den Dobermann abgeschafft.

„Großer Hund und kleines Kind passen nicht zueinander", hatte er argumentiert. Die Hundehütte verwaiste und Veronica wäre nie auf den Gedanken gekommen, dass Gerald nochmals einen Blick hineinwerfen würde. Ihre Stimme war noch nicht verklungen, da flog das Schüreisen schon auf sie zu. Sie hatte sich weggedreht. Aber das heiße Eisen traf im Vorbeifliegen die linke Gesichtshälfte. Ein gebrochenes Jochbein, verbrannte Haut, eine Narbe und ein Arzt, der auf sie einredete, wie leicht es sei, die Schönheit ihres Gesichtes zu erhalten, und sie fassungslos ansah, als sie jede Korrektur ablehnte. Obwohl sie sich selbst damit bestrafte, schwor sie, Gerald nicht den Gefallen zu tun, seine Untat zu kaschieren. Ein hässlicher Riss in seinem Designerleben.

Veronica startete den Wagen und fuhr nach Hause.

Sonntag, 16.11. – 17.50 Uhr

Beschwingt betrat Veronica die große Eingangshalle. Lilian war außer Gefahr. Sie selbst hatte keine Vorwürfe wegen der Kratzer im Lack zu erwarteten. Sie kicherte vergnügt und war gerade dabei ihren Mantel auszuziehen, als es sie eiskalt durchfuhr. Der Raum kreiste um sie, die Dinge bewegten sich auf sie zu. Gerald hatte sie gesehen! Was, wenn er überlebte? Spätestens Montag würde man nach ihm suchen. In dem Kasten war er sogar einigermaßen vor der Kälte geschützt. Wenn er überlebte … sie ruderte mit den Armen, suchte nach einem Halt. Es verlangte ihr nicht viel Fantasie ab, sich auszumalen, wie ihr Leben dann aussehen würde.

Mit einem Mal wurde ihr bewusst, dass sie noch keinen Gedanken daran verschwendet hatte, warum Gerald niedergeschlagen worden war. Ein Dieb? Zu stehlen gab es allerdings nur das Boot selbst, mit dem der Täter um diese Jahreszeit den Hafen ziemlich unauffällig hätte verlassen können. Oder der Racheakt einer Frau? Aber warum sich die Mühe machen, ihn in diesen Kasten zu stecken. Warum ihn nicht gleich über Bord werfen oder da liegen lassen, wo es ihn erwischt hatte.

Gleichgültig. Veronica stöhnte auf. Sie musste die Arbeit dieses verdammten Stümpers zu Ende bringen.

Der Hafen lag da, wie sie ihn verlassen hatte. Abgesehen davon, dass der letzte Funken Tageslicht verloschen war und der Wind kräftiger blies. Veronica kam sich vor wie eine Schauspielerin, die die verpatzte Szene eines Films wiederholen muss. Diesmal jedoch trug sie Leinenschuhe, mit denen sie geräuschlos auf das Boot zuging. Das blonde Haar verbarg eine Kappe. Darüber hatte sie die Kapuze ihrer schwarzen Windjacke gezogen. Die Hände steckten in Fäustlingen und in der Jackentasche befand sich Geralds Kaschmirschal, den sie ihm aufs Gesicht drücken wollte, bis er aufhörte zu atmen.

Der Wind zerrte die Boote vom Steg weg. Im Zeitlupentempo schwangen sie aus, bis die Seile sie zurückholten. Es hallte dumpf, wenn sie gegen die Fender schlugen.

Steg D. Schwach beleuchtet durch die niedrige Steglampe. Veronica lief jetzt sicher auf dem glitschigen Holz. Sie betrat das Boot. Es schlingerte, als wollte es sie abschütteln. Von weiter her hörte sie Quietschen und das monotone Klack, Klack, Klack eines Drahtes, der an einen Segelmast schlug. Aus der Tiefe des Hafenbeckens rollten knurrende Laute auf sie zu, und die Dunkelheit hatte etwas Textiles, das sie umschlang und fast erstickte. Veronica kämpfte sich zum Ankerkasten vor und kniete nieder. Vor ihr die kaum erkennbaren Umrisse des Kastendeckels. Sie tastete nach dem Verschluss. Gleich würde sie Gerald wieder ins Gesicht sehen. Hatte er sich womöglich erholt? Würde er sich wehren können? Der rasende Herzschlag zerriss fast ihren Körper. Es musste alles sehr schnell gehen. Den Deckel heben, sich fallen lassen, mit den Knien Geralds Arme herunterdrücken, das Tuch auf sein Gesicht pressen. Veronica hatte die Abläufe klar vor Augen. Aber sie war vor Angst fast gelähmt, so dass sie schon Schwierigkeiten hatte, den Deckel hochzuheben.

Der Anblick, der sich ihr im kargen Licht, das von einer der Laternen in den Kasten fiel, bot, brachte sie so durcheinander, dass sie einige Zeit brauchte, um zu realisieren, was sie sah. Sie hatte Geralds zerschundenes Gesicht erwartet. Stattdessen war es gänzlich mit dem Handtuch bedeckt und jemand hatte ihm einen Teil des Tuches tief in den Mund gestopft. Jemand, der sich vielleicht noch auf dem Schiff befand.

Veronicas einziger Wunsch war wegzulaufen und doch musste sie Gewissheit haben, dass Gerald wirklich tot war. Närrin, schalt sie sich selbst im Stillen, da hat einer konsequent sein Werk zu Ende gebracht. Aber, als gehorche sie unter Hypnose einem Befehl, legte sie die Augenpartie frei. Ein leerer Blick aus dem unverletzten Auge, das gläsern wirkte.

„Gerald?" Sie hatte das Gefühl, als halle der Namen über das ganze Hafenbecken. Planken knarrten. Veronica schlug den Deckel zu, hetzte über das Deck, stolperte das Fallreep hinunter, stürzte beinahe ins Wasser, fing sich im letzten Moment ab und rannte den Weg bis zum Auto, das sie außerhalb des Hafengebietes geparkt hatte.

Montag, 17.11. – 03.50 Uhr

Robert hatte trotz der Vorfreude unruhig geschlafen. Schwarze Wasser waren über ihn hinweggespült. Ein weißer Schiffsrumpf hatte ihn auf den Grund des Meeres gedrückt. Schweißgebadet stand er gegen vier Uhr auf und kleidete sich an. Er zog den blauen Pullover aus Kaschmir, ein Geschenk von Hendrik, an. Auf die Brusttasche war das Emblem eines Ankers gestickt. Die Hagen hatte ihre Witze gemacht, da er, sowie das Wetter kühler wurde, fast täglich den Pullover trug. „Geschenk von 'ner kleinen Freundin?", hatte sie ihn mit einem Augenzwinkern gefragt, als sie ihn in dem neuen Pulli sah. Robert hatte nicht reagiert und hartnäckig zu ihren Fragen geschwiegen, was sie reizte, ihn mit Sprüchen wie „Ay ay Käptn wohin geht die Fahrt?" oder „Fährmann hol über" zu traktieren.

Fahr zur Hölle, hatte Robert gedacht und sie ignoriert.

Im Haus verstreut hatte Martha Geldscheine gebunkert, in Verstecken, die Robert vor langer Zeit schon entdeckt hatte. Er raffte eine Summe von fünftausend Euro und etwas Kleingeld zusammen. Damit kam er einige Tage über die Runden. Er nahm sich vor, sich zuallererst einen Laptop anzuschaffen. Die Festplatte seines PC-Veterans hatte er zerstört. Er wollte in ein neues Leben abtauchen, ohne eine Spur zu hinterlassen. Noch einmal ging er durch die Wohnung, prüfte, ob es etwas gab, das ihn verraten könnte. Nein, stellte er beruhigt fest. Er zerriss Hendriks Brief und verbrannte ihn in dem metallenen Papierkorb. Dann schulterte er den Seesack, der außer den wichtigen Karten einige seefahrtgerechte Kleidungsstücke und die Kassette enthielt.

Robert verließ die Villa. Er hörte ein letztes Mal das Quietschen des Gartentores. Er nahm den Bus, der den Hafen anfuhr. Ein gesichtsloser Fahrgast, dem ein stoischer Busfahrer die Fahrkarte aushändigte.

Teilnahmslos schaute er nach draußen. Die verschmutze Scheibe verlieh der dunklen Novemberstraße einen besonders düsteren Kick. Er dachte an Herta. Wahrscheinlich würde es ihr die Sprache verschlagen. Sie verlor mit einem Schlag eine Putzstelle und ihren Lieblingsfeind. Robert kämpfte mit einem Lachreiz, der ihm schnell verging, als es in seinem Nacken zu kribbeln begann. Das Gefühl, verfolgt zu werden, ließ ihn nicht los. Er spürte Blicke, die sich in seinen Rücken bohrten, festhielten. Zwanghaft sah er sich um. Sieben weitere Frühaufsteher saßen im Bus. Arbeiter, die zur Schicht fuhren. Was sonst? Der Kopf des einen war vornübergefallen. Er schnarchte. Ein anderer Fahrgast war durch die Zeitung verdeckt. In der Mitte, neben der Tür, saß eine Frau. Die einzige Frau im Bus. Eine alte Frau. Ärmlich gekleidet. Sie sieht nicht einmal wie eine einfache Arbeiterin aus, dachte Robert. Vielleicht geht sie auf Betteltour. Schau niemals zurück. hörte er Hendrik. Robert wandte sich ab und konzentrierte sich auf das Wunderbare, das vor ihm lag.

Montag, 17.11. – 05.35 Uhr

Der Frau fiel es schwer, Schritt zu halten. Der Bursche ging schnell. Er war jung. Sie rümpfte die Nase, biss die Zähne aufeinander und watschelte hinterher. Ihm unauffällig zu folgen, indem sie ausreichend Abstand wahrte, war gewiss nicht ihr Problem. Eher bereitete es ihr große Mühe, ihn nicht aus dem Blickfeld zu verlieren. Dagegen war ihre Furcht, entdeckt zu werden, unnötig. Der Junge blickte sich nicht um. Nicht ein einziges Mal.

Es gelang ihr, die Schmerzen in ihren Gliedern zu verdrängen, um an ihm dranzubleiben. Es gelang ihr, geräuschlos zu atmen, obwohl sie glaubte ihre Lungen müssten platzen.

Die letzten Nächte hatte sie schlecht geschlafen. Das nasskalte Wetter verstärkte das Missbehagen ihres Alters. Der Körper plagte sie, besonders nachts. Schlimmer jedoch waren die Gedanken, die sie überfielen, wenn sie in dem kalten Zimmer lag, das die Feuchtigkeit, die durch die Fensterritzen sickerte, nach und nach eroberte.

Wie im kühlen Raum der Pathologie. Wie in einem Sarg. Dumpfer Aufprall von Erdbrocken auf den Sargdeckel. Sie war hochgeschreckt. Sie hatte die Kälte und Einsamkeit nicht länger ertragen und sich daher auch nachts öfter auf den Weg zu Martha Grubers Haus gemacht. Das Wartehäuschen mit Blick auf die Villa schien ihr anheimelnder als die Wohnung und durch den Adrenalinschub, mit dem sie den Show-down erwartete, fühlte sie sich lebendig.

Samstagnacht hatte sie vom Garten der Villa her Poltern gehört. Doch niemand war um das Haus herumgeschlichen und niemand war herausgekommen, nachdem es wieder still geworden war. Hin und wieder war sie eingenickt.

Im ersten Morgengrauen hatte sie dann gesehen, wie ein Sarg aus dem Haus gerollt wurde. Der Krauskopf stand draußen. Also, hatte sie gefolgert, hat es die Dicke erwischt.

Halb erfroren war sie nach Hause gefahren. Hatte sich aufgewärmt, geschlafen und nachts wieder wachgelegen. Diesmal war es nicht allein die Grabesstille in ihrer Wohnung, die sie aus dem Haus trieb, sondern die Notwendigkeit zu erfahren, wie der Junge sich nach dem Tod der Dicken verhalten würde.

Es war drei Uhr morgens gewesen. Sie hatte sich in dem Wartehäuschen auf ihrem Zeitungsthron niedergelassen und war erstaunt, nur kurze Zeit später Licht im Dachzimmer zu sehen. Es brannte nicht lange. Dann öffnete sich die Haustür. Der Krauskopf trat heraus. Bis zu diesem Moment war die Frau steif gewesen vor Kälte. Aber als sie den Jungen sah und den Rucksack, wich die Starre. Sie raffte sich auf, reckte sich, trat ein paarmal auf der Stelle, bis sie ihre Füße wieder spürte, und folgte dann dem Jungen, einem Schatten im aufdämmernden Licht.

Endlich konnte sie eine Pause einlegen. Der Krauskopf blieb in ihrem Blickfeld. Seine Umrisse waren im ersten milchigen Licht auf der Jacht abgetaucht. Angespanntes Warten. Passierte was? Sie schaute auf die Leuchtziffern ihrer Uhr. Nach einer Weile nochmals. Alles ruhig. Angestrengt fixierte sie das Schiff. Was hat der Bursche vor? Das Boot stehlen? Oder schlimmer! Er hat es tatsächlich ersteigert. Mit Marthas Geld. Rechtzeitiger Abgang der Dicken. Passt zu schön. Hast du nachgeholfen, verdammter Bengel?

Nichts Ungewöhnliches geschah. Die Kälte überwältigte sie. Die Zähne schlugen aufeinander und sie ging an dem aufgebockten Boot, hinter dem sie Posten bezogen hatte, auf und ab. Weiterhin unauffälliges Bild der Jacht. Sie fror erbärmlich. Doch langsam fügten sich die verschiedenen Szenarien sinnvoll zusammen und ihr wurde wärmer.

Montag, 17.11. – 05.50 Uhr

Kurz vor der vereinbarten Zeit betrat Robert den Bootssteg. Noch war es dunkel. Nur ein blasser Streifen am Himmel kündete von einem Tag, der seinen Morgen nur zögernd am Horizont aufdämmern ließ, als ahne er die Kürze seiner Lichtexistenz. Wenige Schiffe ragten schemenhaft über das Hafenbecken hinaus. Weit und breit keine Menschenseele.

Im Frühjahr, sowie Anfahrt war, hatte er hier herumgelungert. Gehofft, dass einer der Bootseigentümer seine Dienste in Anspruch nahm. Keine Arbeit war zu niedrig, zu schmutzig, zu anstrengend, wenn sie ihm nur erlaubten, die Außenhaut dieser verlockenden Welt berühren zu dürfen. Wie ein Strichjunge war er am Kai auf und ab gewandert, immer bereit, auf einen Zuruf herbeizuspringen und jede Arbeit anzunehmen. An manchen Tagen aber gab es nichts zu tun. Dann hatte er dagestanden, auf das schmutzige Wasser gestarrt oder der brennenden Sonne sein Gesicht entgegengehalten und sich von einem warmen Sommerwind auflösen lassen. An so einem Tag stand plötzlich Hendrik vor ihm. Groß, drahtig, braungebrannt, Sein Haar war lang, wild und hatte die Farbe von gebranntem Ton. Ein Stirnband bändigte die Mähne.

„Na, Junge, es heißt, du kannst einem Seemann gut zur Hand gehen." Eine Stimme wie ein Ozean brauste über Robert hinweg.

„Alles was sie wünschen", hatte er gestottert. Dann hatte er Hendriks Augen gesehen: hart und klar. Sie spiegelten die Ferne, nach der Robert sich so unendlich sehnte. Von da an gehörte er Hendrik, wie ein Leibeigener, ein Sklave, ein Hund. Hendrik lehrte ihn alles. Ein Schiff zu fahren, zu segeln, die Seemannssprache, alles was man wissen musste, um sich durch Kanäle zu winden und auf Weltmeeren nicht verloren zu gehen. Hendrik lehrte ihn die Liebe. Die andere Art der Liebe, die Robert anfangs schampgepeinigt über sich ergehen ließ und dann leidenschaftlich erwiderte.

Robert orientierte sich im Schein der Taschenlampe. Steg D. Da lag die „Veronica". Er stieg an Deck. Das Schiff schwankte. Wasser klatschte gegen den Rumpf. Es roch nach Diesel und Öl. Im Strahl der Taschenlampe glitzerte auf der Wasseroberfläche ein Ölfilm in allen Regenbogenfarben. Die feuchte, kalte Novemberluft kroch unter seine Jacke. Er erzitterte glücklich.

Robert fand die Kajütentür unverschlossen. Der Lichtkegel seiner Lampe geisterte durch die Kombüse, erfasste Essensreste, die Schimmel angesetzt hatten, eine Kristallschale auf dem Boden und verstreuten Zucker.

„Herr Desario!", rief Robert. „Ich bin Robert Kühn. Ich habe ihre Jacht ersteigert."

Keine Antwort. Robert war nicht überrascht. Schließlich hatte Desario ihm gemailt, dass er womöglich geschäftlich verhindert sein könnte. Er ging weiter und stieß mit dem Fuß gegen etwas, das mit einem metallenen Laut über den Boden schlidderte. Eine Schiffsglocke. Reine Nostalgie, dachte er. Für ein modernes Schiff hat sie keine Funktion mehr. Er beachtete sie nicht weiter. Aber das metallene Klingen hallte nach. Marthas Totenglöckchen. Ein eisiger Schauer durchlief ihn. Er sah sich um. Da war niemand.

„Herr Desario!"

Kein Laut. Er betrat den Salon, schaltete die Beleuchtung ein und bekam feuchte Augen. Das edle Holz der Wandtäfelung schimmerte rötlichbraun. Er trat vorsichtig näher und streichelte es. Glatt und gefügig lag es unter seiner Hand. Schritt für Schritt drang Robert in sein zukünftiges Reich vor, begutachtete die elegante Einrichtung, schnüffelte an dem Tropenholz. Immer wieder glitten seine Hände über die makellosen Gegenstände, ertasteten die feinen Einlegearbeiten in den Schranktüren. Dabei schlug sein Herz vor Erregung schneller und schneller. Er begann mit den Fingern den Rhythmus auf eine der polierten Oberflächen zu klopfen. Immer heftiger schlug er auf. Erst die Finger, dann die Knöchel und Handballen bis es schmerzte. Er trommelte sein verkorkstes Leben in Grund und Boden, stoppte plötzlich und drehte sich dem Raum mit ausgebreiteten Armen zu:

„Meins!"

Ein Schrei der Erlösung. Was interessierte ihn die Unordnung, die der Schiffseigentümer hinterlassen hatte. Wahrscheinlich hatte ein lukrativer

Auftrag ihn gezwungen, übereilt aufzubrechen. Robert begutachtete die CD's und stapelte sie ordentlich auf. Dann begann er Schubladen zu durchstöbern und stellte fest, dass Desario ihm auch Hausrat hinterließ. Robert öffnete die Lade des Schreibtisches, die einen Bilderrahmen enthielt, dessen Glas zerbrochen war. Vorsichtig zupfte er unter den Glassplittern das Foto hervor. Das Gesicht einer Frau. Robert war berührt von ihrer Schönheit. Weichgezeichnete Linien, Augen, deren leuchtender Glanz Wärme erzeugten, und ein Lächeln, das Mauern einstürzen ließ. Blondes Haar, so lang, dass der Bildrand es abschnitt. Robert empfand, dass von der Frau etwas Zerbrechliches ausging. Sie schien ihm zart und schutzbedürftig. Er versenkte das Foto in der Brusttasche. Es widerstrebte ihm, diese Frau in ihren kaputten Rahmen zurückzulegen.

Dann holte er aus der gut ausgestatteten Bar eine Flasche Cognac, füllte ein Glas und sank in die weichen Polster der Sitzecke. Vor ihm auf dem Tisch lag eine Mappe mit den notwendigen Papieren einschließlich des Kaufvertrages. Desarios Unterschrift. Ein hartes G Punkt. Dann ein geschwungenes D, eben noch erkennbar das e. Der Rest endete in einem energischen Strich. Daneben lagen Schlüssel und Zündschlüssel für das Boot. Das Einzige, was Robert wirklich interessierte.

Er erinnerte sich an Desarios Aufforderung, loszufahren, wenn er den Termin nicht einhalten konnte. Trotzdem. Robert hatte es nicht eilig. Die erste Schleuse, die er passieren musste, würde erst in zwei Stunden in Betrieb gehen. Wichtiger war ihm, die Angelegenheit abzuschließen. Nichts sollte offen bleiben. Er wollte sich niemals wieder umdrehen müssen.

Also warten.

Er schwenkte das Glas. Die Flüssigkeit kreiste höher und höher, bis sie fast überschwappte. Im letzten Moment hielt Robert inne, nahm einen großen Schluck, schaute auf die Uhr – es waren erst fünf Minuten vergangen – und begann, mit der Kuppe des Ringfingers über den Glasrand zu streifen. Dabei löste sich ein dünner Ton, der wie ein Gespenst durch den Raum schwebte. Erneut tanzte Roberts Fingerkuppe über den Rand und erzwang einen hohen, klagenden Laut. *Komm Robbi, ein Zirkus ist in der Stadt.* Er trank den restlichen Cognac in einem Zug, nahm das leere Glas in beide Hände und betrachtete es wie einen traurigen Clown, der ausgespielt hatte.

Plötzlich hörte Robert laut das Pfeifen des Windes. Das Schiff zerrte an den Leinen, erste Regentropfen fielen. Robert füllte das Glas erneut, trat an das Kajütenfenster und sah hinaus. Innerhalb von Sekunden war der Regen zu einem kräftigen Schauer geworden, der prasselnd auf das Schiff schlug. Robert umklammerte das Cognacglas. Der Duft der goldbraunen Flüssigkeit stieg zu ihm auf. Die Regenstränge bildeten ein dichtes Netz, das gegen die Scheibe klatschte und Robert fürchtete, sie würde zerspringen. Er sah die schweren Stränge hereinpeitschen. Sie legten sich um seinen Hals, wickelten sich um seinen Körper, zogen ihn in ein nasses Grab.

„Blödsinn!"

Er leerte das Glas und beschloss, der Aufforderung des Verkäufers zu folgen und abzufahren, sowie der Sturm abflaute.

Es war ein kurzes Aufbäumen der Elemente. Nachdem das Unwetter sich ausgetobt hatte, löste Robert die Leinen und manövrierte das Schiff aus dem Hafen. Er hatte nichts verlernt. Je weiter er sich vom Hafen entfernte, die kleine Herde der Boote hinter sich ließ, desto aufrechter stand er am Steuer. Sein langer, hagerer Körper war ihm bisher widerlich gewesen. Unbewusst hatte er eine gekrümmte Haltung angenommen. Jetzt aber stand er befreit hochaufgerichtet am Steuerrad und fuhr einem Horizont entgegen, hinter dessen grauem Schleier für ihn die mediterrane Sonne aufging.

Montag, 17.11. – 07.45 Uhr

Vor der Schleuse erfolgte der Zugriff. Die Wasserschutzpolizei forderte Robert auf, in den Hafen zurückzukehren, wo ein Streifenwagen wartete. Nachdem das Boot angelegt hatte, sprangen zwei junge uniformierte Beamte aufs Deck und bauten sich vor Robert auf. Ihnen folgte ein älterer Mann in Zivil. Klein und rundlich watschelte er auf Robert zu. Die Arme hingen herab und er bewegte sie zackig vor und zurück, wie ein Maulwurf, der sich einen Tunnel gräbt.

„Emil Plum", stellte er sich vor. „Leiter der Vermisstenabteilung". Er zeigte seinen Ausweis und bat Robert, sich ebenfalls auszuweisen. Robert sah ihn erstaunt an.

„Frau Desario hat heute ihren Mann als vermisst gemeldet", erklärte der Rundliche. „Seine Sekretärin hat sie heute früh angerufen. Er ist nicht in der Firma erschienen und auch auf dem Handy hat sie ihn nicht erreicht. Nur die Mailbox. Sehr ungewöhnlich."

„Wie kann ich Ihnen helfen?", fragte Robert verwundert.

Plum machte erstaunte Augen:

„Nun, Herr Kühn, Sie haben mit Gerald Desarios Boot den Hafen verlassen. Legal? Dann müssten Sie ihm begegnet sein und ich wüsste gerne wann und wo."

„Bedauere." Robert zuckte die Achseln. „Ich bin Herrn Desario persönlich nie begegnet und ich habe keine Ahnung, wo er sich aufhält." Dann schilderte er, wie er das Boot bei eBay ersteigert hatte und ihm Ort, Zeitpunkt der Übergabe und Zahlungsart per E-Mail mitgeteilt worden waren.

Zweifelnd wiegte Plum den Kopf.

„Herr Desario hat Ihnen das Boot nicht persönlich übergeben?"

„In der Mail, die er mir geschickt hat, teilte er mir mit, dass Geschäfte ihn aufhalten könnten und ich sollte beruhigt losfahren", erklärte Robert mit der genervten Geduld eines Hundebesitzers, der seinen Welpen stubenrein kriegen will.

„Eigenartig." Plum reckte das Kinn weit vor, bis es so spitz aussah wie seine Stimme klang: „Frau Desario ist nach dem Gespräch mit der Sekretärin zum Hafen gefahren. Das Boot war weg, der Jeep ihres Mannes stand aber noch auf dem Parkplatz. Sie berichtete weiter, dass ihr Mann das Boot online zum Verkauf angeboten hatte. Die Auktion endete Samstagnacht. Deswegen war er am Samstag zum Hafen gefahren, um auf dem Boot Ordnung zu schaffen und seine persönlichen Sachen auszuräumen. Er wollte dort übernachten und wäre von da aus zur Firma gefahren. Sie macht sich große Sorgen, dass er einem Verbrechen zum Opfer gefallen ist."

„Unnötig! Herr Desario ist geschäftlich unterwegs und ich habe mir das Boot vollkommen legal angeeignet. Der Kaufvertrag ist unterschrieben", sagte Robert gedehnt, da der Kommissar offenbar schwer von Begriff war.

„Glaube ich gerne", sagte Emil Plum sarkastisch und sah um viele Grade skeptischer aus als vorher.

Inzwischen hatten die beiden Polizisten, ein Weizenblonder mit kurzgeschorenem Haar und ein Rothaariger mit Stupsnase, das Boot durchsucht.

„Keine Spur von Desario", sagte der Kurzgeschorene. Dafür haben wir das gefunden." Er hielt Plum eine Kassette hin. „Unterlagen, die auf einen Heinrich Gruber ausgestellt sind und aus denen hervorgeht, dass er eine beachtliche Summe im Lotto gewonnen hat. Dazu die Kontonummer einer Bank in Luxemburg plus Passwort."

Plums Augenbrauen schnellten nach oben. „Können Sie uns etwas zu dieser Kassette und ihrem Inhalt sagen, Herr Kühn?"

Roberts Unterlippe begann heftig zu zucken.

„Sie gehörte dem verstorbenen Mann meiner Vermieterin", erklärte er hastig. „Bevor sie starb, hat sie mir die Dokumente geschenkt."

„Frau Gruber ist auch tot? Seit wann?"

Robert bemerkte unwillig, wie das Interesse des kleinen Kommissars wuchs und sich ein lauernder Unterton einschlich.

„Vor zwei Tagen", gab er Auskunft. „Nachts. Asthmaanfall. Ich …", Robert schluckte trocken, senkte den Blick und starrte auf Plums schwarze Gummistie-fel „… habe geschlafen. Erst morgens, als ich ihr wie gewohnt Frühstück machen wollte, fand ich sie. Tot. Es war schrecklich." Nur stockend brachte er die letzten Worte hervor.

„Und Sie sind der Nutznießer?"

Roberts Kopf ruckte hoch: „Sie hatte keine Angehörigen. Ich war der Einzige, der sich um sie kümmerte." Ehrliche Empörung. Der Rothaarige hatte während des Gespräches neben Plum gestanden und eifrig Notizen gemacht.

„Nun Herr Kühn", entschied Kommissar Plum, „um Ihre Angaben zu überprüfen, muss ich Sie bitten, mit mir ins Präsidium zu kommen." Er machte eine einladende Handbewegung. Den rothaarigen Beamten wies er an, das Schiff sicherzustellen, bis die Spurensicherung eingetroffen war. Der Weizenblonde durchsuchte Roberts Taschen.

„Wer ist das?" Er hielt Robert die Fotografie hin.

„Die war schon in dem Rahmen, den ich mal gekauft habe. Ich hab sonst kein Foto." Der Beamte sah ihn mitleidig an und steckte das Foto wieder in die Jackentasche. Dann führte er Robert zum Streifenwagen, drückte ihn auf den hinteren Sitz und setzte sich neben ihn. Plum fuhr.

Die Zeiger der Uhr, die an der Wand des Vernehmungszimmers hing, schienen eingefroren. Robert verlor jegliches Zeitgefühl. Eine Ewigkeit schien vergangen, seit man ihn hier geparkt hatte. Endlich öffnete sich die Tür. Plum trat ein, gefolgt von dem Blonden, der sich breitbeinig in eine Ecke stellte, die Hände in Bodyguard-Manier vor dem Unterleib gekreuzt.

Plum drückte die Taste des Aufnahmegerätes.

„Herr Kühn, wir ermitteln im Fall Gerald Desario, den seine Frau als vermisst gemeldet hat. Wir müssen davon ausgehen, dass er sich zuletzt auf dem Schiff aufgehalten hat, das Sie in Besitz genommen haben. Können Sie etwas zum Verbleib Gerald Desarios sagen? Ich mache Sie darauf aufmerksam, dass Sie wahrheitsgemäß antworten müssen, die Antwort aber verweigern dürfen, wenn Sie sich damit selbst belasten. Haben Sie mich verstanden?"

Robert sah Plum direkt in die Augen. Sie waren von einem glanzlosen Schwarz und vollkommen ausdruckslos. Die Lider hingen schläfrig auf Halbmast und die Körperhaltung des Kommissars signalisierte: Ich zähle nur noch die Tage bis zu meiner Pensionierung.

Du täuschst mich nicht, dachte Robert. Er nahm eine bequeme Sitzposition ein und sagte:

„Ich wiederhole, ich kenne Herrn Desario nicht persönlich. Ich habe ihn nicht gesehen und weiß auch nicht, wo er sich aufhält. Er hat mir per Mail erlaubt, mit dem Boot loszufahren. Er deutete an, möglicherweise durch Geschäfte aufgehalten zu werden." Während Robert sprach, kontrollierte er seine Fingernägel und puhlte an dem Schmutzrand unter dem Daumennagel.

„Soll ich eine Pause einberaumen und Ihnen eine Nagelfeile bringen lassen oder kann ich mit der Befragung fortfahren?"

„Fragen Sie nur." Robert faltete die Hände und blickte den Kommissar aufmunternd an, dessen Puttengesicht jetzt stark gerötet war.

„Haben Sie die E-Mail, die Desario Ih-nen geschickt hat, noch gespeichert?"

„Nein! Ich habe den alten PC entsorgt und natürlich vorher die Festplatte vernichtet."

„Wie haben Sie das Boot bezahlt?"

„Ich habe den Betrag überwiesen. Online."

„Welche Summe?"

„Zweihunderttausend."

„Und das Geld hatten Sie von Frau Gruber?"

„Ja. Sie hat mir eine hohe Summe vererbt."

„Haben Sie ein Testament? Irgendetwas Schriftliches?"

„Nnein." Robert spürte, wie seine Muskeln sich anspannten. Er saß in Hab-Acht-Stellung. „Ihr Tod kam so plötzlich. Aber sie hat oft mit mir darüber gesprochen, dass eines Tages alles mir gehören wird. Sie hat mir ihr Hab und Gut vermacht, mündlich", sagte Robert bestimmt.

Plum brummelte unzufrieden, dann blaffte er einen Befehl zu dem kurzgeschorenen Blonden:

Überprüfen Sie, ob die Kaufsumme eingegangen ist!"

Robert erwartete, dass der Kurzgeschorene die Hacken zusammenschlug. „Und", rief Plum dem Blonden hinterher, „versuchen Sie, besagte E-Mail ausfindig zu machen und organisieren Sie ein Foto von Desario!"

Plum wandte sich wieder Robert zu.

„Bis wir wissen, ob Ihre Angaben der Wahrheit entsprechen, werden Sie unser Gast sein." Er lächelte höflich. Es bereitete ihm große Mühe. Sein Gesicht sah nicht so aus, als wäre es ans Lächeln gewöhnt.

„Sie nehmen mich fest?", fragte Robert verblüfft.

„Nur in Gewahrsam. Vorübergehend."
Plum lächelte nicht mehr.

Nachdem man Roberts Fingerabdrücke genommen hatte, begleitete ein unscheinbarer Beamter Robert zu einer Zelle, wo man ihm Gürtel und Schuhbänder abnahm. Dann hörte er das Einrasten der Tür.

Der Raum war kahl. Eine dünne Schaumstoffmatratze auf einem Betonsockel. Grobe Decken. Metallklo. Der Geruch eine Mischung aus Desinfektionsmitteln, unter denen der Gestank von Exkrementen und Erbrochenem sich schwach aber hartnäckig hielt. Robert starrte eine Weile auf die Metallringe beiderseits des ‚Bettes'. Alkoholtiefschlaf. Kotzen. Brüllen. Zerren an den Fesseln. Robert schaute zum Fenster, erblickte einen Horizont, der heller und heller wurde. Ehrfürchtig beobachtete er, wie blasse Sonnenarme sich in den Morgen tasteten. Dann ließ er sich auf der Matratze nieder, überzeugt, dass mit zunehmender Helligkeit der grausige Spuk verschwinden würde. Aber es geschah nichts.

Es wurde dunkler. Es wurde Nacht. In kurzen Abständen vernahm Robert, dass die Klappe vor dem Guckloch beiseitegeschoben wurde, und hoffte, dass die Kontrolle zur Routine gehörte und nicht speziell seiner Person galt. Minutiös ließ er vor seinem geistigen Auge alle Handlungen Revue passieren, von dem Moment an, da er Martha aufgefunden hatte. Er hatte nichts Unrechtes getan, dass ihm zum Verhängnis werden könnte. Jedenfalls, dachte Robert, kein beweisbares Unrecht. Er wälzte sich unruhig auf der dünnen Matratze hin und her und schlief endlich gegen Morgen ein.

Dienstag, 18.11. – 08.00 Uhr

Ein Schlüssel klackte. Robert entkam grässlichen Träumen. Der unscheinbare Beamte holte ihn, brachte ihn zwei Etagen höher in einen Raum, der Robert fremd war, und nahm auf einem Stuhl neben der Tür Platz.

Der Mann, der nach kurzer Zeit den Raum betrat, hatte die Figur eines Unterwäschemodells. Er trug ein weißes Hemd, darüber eine glänzende grüne Seidenweste, schwarze Jeans, Schuhe, die aussahen, als gehörten sie einem Bergmann, jedoch feinstes Leder erkennen ließen. Der Mann stellte sich als Hauptkommissar Victor Kranski von der Mordkommission vor. Er hatte Moosaugen und ein Icecream-Lächeln, so süß schmelzend, dass es weh tat. Er hatte zwei Tassen mitgebracht, stellte eine davon vor Robert und goss aus einer Porzellankanne Kaffee ein. Dann füllte er seine Tasse, sah Robert fragend an:

„Milch? Zucker?" und reichte das zur Kanne passende Milchkännchen und die Zuckerdose rüber. Anschließend schaltete er das Aufnahmegerät ein und legte Robert das Protokoll der Befragung durch Kommissar Plum vor.

„Lesen Sie es, und wenn alles seine Richtigkeit hat, unterschreiben Sie bitte."

Robert überflog die Zeilen, nickte zustimmend und kritzelte seinen Namen darunter. Währenddessen hatte Kranski begonnen in einer grauen Akte zu blättern, die Altersflecken aufwies. Minuten verstrichen, und in Roberts Kopf rotierte nur das eine Wort: Mordkommission.

Kranski klappte plötzlich mit einem lauten Klatschen die Akte zu, rollte sie zusammen und hielt sie schlagbereit, als gelte es, ein lästiges Insekt abzuwehren.

„Ich sage Ihnen, Herr Kühn, was in dieser Akte steht, und Sie korrigieren mich, wenn etwas nicht zutrifft."

Robert nickte mechanisch, ohne richtig zu begreifen.

„Sie sind in einer Pflegefamilie aufgewachsen, Ihre Eltern sind unbekannt. Den Vornamen Robert gab Ihnen eine Schwester aus dem Kinderheim. Den Nachnamen haben Sie von Ihren Pflegeeltern angenommen. Ihre Identität, Herr Kühn, steht auf wackeligen Beinen."

Robert schnaubte. „Was hat das mit dem Verschwinden dieses Herrn … Herrn Desario zu tun? Ich habe nichts verbrochen und will endlich in See stechen."

Kranski entrollte die Akte, glättete sie und fuhr ungerührt fort:

„Diese Akte wurde angelegt, weil Ihr Pflegevater seine Frau und sich selbst getötet hat. Motiv Eifersucht. Irritierend ist nur, Herr Kühn, dass Sie überlebten. Nach meiner Erfahrung tötet ein Mann die ganze Familie, weil er weiß, dass Frau und Kinder ohne ihn nicht zurechtkommen werden. Männer sind so rücksichtsvoll." Softeislächeln des Hauptkommissars.

Robert versuchte zu erkunden, ob der Mann ihm gegenüber den letzten Satz aus Überzeugung gesagt hatte oder zynisch meinte, um ihn damit aus der Fassung zu bringen. Kranskis Gesichtsausdruck verriet nichts von alledem. Robert atmete tief durch.

„Sie vergessen, dass Ralf Kühn nicht mein richtiger Vater war."

„Was für ein Glück. Anschließend", fuhr Kranski in Roberts Biografie fort, „entzogen Sie sich dem System des Ju-gendamtes. Tauchten ab und erschienen erst wieder im System der Agentur für Arbeit als Hartz-IV-Empfänger."

„Bringen Sie das System hinter Gitter. Es ist wirklich mörderisch." Robert gluckste vergnügt.

„Ich finde es auch lustig", sagte Kranski, nickte Robert freundlich zu und fügte an „noch." Das letzte Wort glitt wie ein Eiswürfel an Roberts Rücken herunter.

Kranski begann, aus Plums Protokoll zu referieren:

„Wieder hatten Sie Glück. Ihre Vermieterin verstarb passend in dem Moment, als Sie ein sauteures Schiff ersteigert hatten, und der Ehemann lebt auch nicht mehr. Leichen pflastern Ihren Weg, Herr Kühn. Django ist eine Chorknabe gegen Sie."

„Es reicht!" Robert sprang auf. „Martha Gruber ist eines natürlichen Todes gestorben. Sie haben nichts gegen mich in der Hand. Ich gehe!"

Bevor Robert jedoch einen Schritt tun konnte, war der Polizeibeamte bei ihm und Robert hatte einen Arm in schmerzhafter Position auf dem Rücken und wurde gezwungen, sich wieder hinzusetzen.

„Die Exhumierung Ihrer Vermieterin ist beantragt", sagte Kranski. Dann hielt er Robert ein Foto hin:

„Kennen Sie diesen Mann?"

Robert sah in das Gesicht eines blendend aussehenden Mannes mit einer Ausstrahlung, die sagte: Leg dich nicht mit mir an, du verlierst garantiert.

„Nein", sagte Robert bestimmt.

„Gerald Desario zu Lebzeiten. Jetzt liegt er in der Gerichtsmedizin. Seine Frau hat ihn identifiziert."

Robert atmete auf.

„Sie haben ihn. Dann ist der Fall ja geklärt."

Kranski machte mit der flachen Hand eine Bewegung nach unten. Robert, schon halb aufgestanden, nahm wieder seinen Platz ein.

„Unsere Leute von der Spusi haben ihn im Ankerkasten der ‚Veronica' gefunden. Das Schiff, mit dem Sie den Hafen verlassen haben."

„Keine Ahnung, wie er dahin … und in diesem toten Zustand." Robert verhaspelte sich beim Sprechen vor Aufregung. „Ich sagte Ihrem Kollegen schon", er versuchte seiner Stimme einen gelassenen Ton zu geben, „ich habe das Boot rechtmäßig erstanden."

Kranski schob Robert einen Hammer, verpackt in einem Plastikbeutel, hin.

„Vermutlich wurde Desario damit niedergeschlagen. Haben Sie den Hammer schon einmal gesehen?"

Entsetzt stellte Robert fest, dass der Hammer aus Marthas Haushalt stammte. Ein Stück Holz war vom Griff abgesplittert und er selbst hatte Klebeband darum gewickelt. Der Hammer lag immer mit einigen anderen Werkzeugen in dem Schrank unter der Spüle, wo auch die Putzmittel aufbewahrt wurden. Unter großer Anstrengung schaffte Robert es, das Werkzeug interessiert zu begutachten. Dann hob er gleichmütig die Schultern.

„Sehe ich hier zum ersten Mal."

Kranski faltete die Seekarte auseinander, auf der Robert die Route markiert hatte, die ins Mittelmeer führte.

„Falls Sie Desario ermordet hätten, hätten Sie ihn draußen auf dem Meer, durch die Luke für den Anker stoßen können und ihm ein Seemannsgrab verpasst. Selbst wenn sein Leichnam wieder aufgetaucht wäre, hätte es keine Verbindung zu Ihnen oder dem Tatort gegeben. Der perfekte Mord." Kranskis Augen wurden noch moosiger, aber die Bewunderung, die darin glitzerte, war so trügerisch wie ein Grasteppich, unter dem das Moor lauerte.

„Pech, dass Frau Desario mit den Gewohnheiten ihres Mannes so vertraut war. Er lebte für die Firma. Traf immer sehr früh, vor seinen Angestellten, dort ein. Deshalb gab es für sie nur die eine Erklärung, dass ihm ein Unglück zugestoßen war."

„Unsinn!" Robert sprang vom Stuhl auf, der Polizeibeamte machte zwei lange Schritte und brachte Robert wieder in Sitzposition „Ich habe den Mann noch nie gesehen", beendete Robert seine Verteidigung.

„Desario hat Ihnen also Papiere und Schlüssel hinterlegt und, ohne Sie persönlich zu kontaktieren, eine Luxusjacht überlassen?" Kranski hatte sich zurückgelehnt, die Fingerspitzen beider Hände trafen sich dachförmig unter seinem Kinn. Dabei taxierte er Robert wie die Spinne den Käfer, der auf ihr Netz zukrabbelt.

Robert zitierte die Anmerkung in Desarios Mail, dass er verhindert sein könnte und Robert unbesorgt mit dem Boot losfahren dürfe, fast wörtlich. Laut vor dem Ermittler der Mordkommission ausgesprochen, verlor sie jedoch ihre Unschuld. Plötzlich hörte sie sich an wie das verzweifelte Pfeifen eines einsamen Wanderers im dunklen Wald.

„Ich habe das Boot rechtmäßig ersteigert", sagte er trotzig.

Kranskis Gesichtsausdruck verstieg sich in eine Sanftheit, die auf Robert angsteinflößend wirkte.

„Stimmt. Das haben wir überprüft."

Robert nahm eine bequeme Sitzhaltung ein. Er schlug die Beine übereinander, stützte einen Arm auf der Stuhllehne auf und sagte ruhig:

„Also. Ich habe nicht das geringste Motiv für eine solche Tat."

„Ganz im Gegenteil, Herr Kühn. Nach dem, was wir bislang herausgefunden haben, sind Sie der einzige mit einem Motiv."

„Welches? Sie machen mich neugierig, Herr Hauptkommissar. Robert reckte das Kinn vor und sah Kranski herausfordernd an.

„Sie haben das Boot legal ersteigert. Aber bezahlen wollten Sie es nicht." Die Spinne schoss aus ihrer Deckung und begann ihr Opfer einzuweben.

„So ein Quatsch! Ich habe zweihunderttausend Euro überwiesen. Zweihunderttausend auf Desarios Konto!" Robert stand senkrecht. Der Arm des Gesetzes zwang ihn auf den Stuhl zurück.

„Frau Desario hat uns das Konto einsehen lassen. Weder diese noch eine annähernd ähnliche Summe ist dort notiert."

„Ich habe das Geld überwiesen!" Robert schrie es heraus. „Ein Fehler im System. Das lässt sich klären. Und", er wurde ruhiger, „wie Sie feststellen können", er deutete auf die Kassette, die neben den anderen Beweisstücken lag, „steht mir genügend Geld zur Verfügung."

„Auch das haben wir geprüft."

„Gut, gut!" Robert nickte heftig mit dem Kopf.

„Nachdem wir der Bank in Luxemburg den Totenschein von Martha Gruber und einen richterlichen Beschluss gefaxt hatten, war man bereit, uns über Kontostand und -bewegungen zu informieren." Kranski legte eine dramatische Pause ein.

„Reden Sie, Mann!", forderte Robert. „Haben Sie erfahren, dass es nur noch fünf Millionen sind oder vier? Sagen Sie es schon. Ich verkrafte es."

Kranski beugte sich vor und legte die Hände mit den manikürten Fingernägeln flach auf die Tischplatte.

„Auf dem Konto befindet sich ein einziger Euro."

Robert bemerkte einen schwachen Sonnenkringel auf der gegenüberliegenden Wand. Er drehte sich von Kranski weg und sah aus dem Fenster. Die Sonne hatte den Horizont weit überstiegen und entfaltete sich breit. Auch wenn sie eher weiß als rot glühte, verlieh sie dem Novembertag doch etwas Strahlendes. Robert streckte sein Gesicht der sonnenbeschienenen Scheibe entgegen, die Augen weit geöffnet. Er trieb in das blendende Licht, immer weiter hinein, bis aufs Meer. Sie bluffen! Sie denken ich verliere die Nerven!

Plötzlich schnellte Robert herum und sah Kranski triumphierend an:

„Wenn Sie über die Kontobewegungen informiert sind, dann muss eine Summe von zweihunderttausend Euro dabei sein, die ich angewiesen habe. Und Sie werden doch herausfinden können, auf welchem Konto sie gelandet ist."

„Wir sind der Spur gefolgt."

„Ja!" Robert schlug mit der Faust auf den Tisch. „Das ist der Beweis, dass ich das Boot bezahlen wollte. Was ist schiefgelaufen? Wo ist das Geld hingegangen? Hat Frau Desario Sie belogen?" Roberts Augen glühten vor Erregung. Gleich musste man ihn freilassen.

Victor Kranski seufzte theatralisch und hob abwehrend die Hände.

„Martha Gruber ließ durch den Boten eines Kurierdienstes zweimal im Jahr die Summe von fünfzigtausend Euro bar abholen. Wir erfuhren, dass es für solche Bargeldtransporte Dienstleister gibt und die alte Dame irgendwie", Kranski lächelte schief, „an die Telefonnummer eines solchen Unternehmens geraten war. Hätte sie das Geld auf eine deutsche Bank überweisen lassen, wäre das Finanzamt ihr bester Freund geworden. Das ist unsere eigene Schlussfolgerung. Eine gerissene alte Dame, Ihre Martha Gruber."

„Ich bin beeindruckt!", rief Robert erregt. „Aber was ist mit dem Geld, das ich an Desario geschickt habe?"

„Die Bank in Luxemburg erhielt einen Überweisungsauftrag. Aber nicht für die von Ihnen genannte Summe, sondern über den gesamten Betrag von 6.046.000 Euro bis auf den einen Euro, und zwar für eine Bank auf den Cayman Islands. Die Caymans sind Ihnen ein Begriff?"

Robert schwieg.

„Das heißt, wir sind machtlos. Von dort kann das Geld an jeden Ort der Welt überwiesen werden, spurlos. Oder es wird bar abgehoben. Auch in diesem Fall verschwindet es in einen anonymen Raum. Die Bank in Luxemburg teilte uns zwar den Empfänger auf der Überweisung mit. Aber das half uns nicht weiter. Als Empfänger, Herr Kühn, war eine Seniorenresidenz angegeben. Hübsche Idee."

Robert starrte Kranski mit offenem Mund an. „Verfluchte alte Hexe", entfuhr es ihm.

„Was hatten Sie vor, Herr Kühn? Abstecher in die Karibik? Barabhebung?

Gibt es einen freieren Ort als ein Schiff auf den Weltmeeren?"

Kranski lächelte verträumt. Lächelte verständnisvoll. Lächelte lockend: Gestehen Sie!

„Blödsinn!", empörte sich Robert und versuchte Klarheit in seine Gedanken zu bringen. „Ich bin das Opfer. Jemand treibt ein ganz übles Spiel mit mir. Der Geldtransfer beweist gar nichts. Haben Sie schon einmal an einen Hacker gedacht."

Kranski applaudierte. „Grandiose Darstellung des Unschuldsengels, Herr Kühn, und als Höhepunkt Deus ex Machina der große Unbekannte, der weiß, wann ein armer Schlucker einen Millionenbetrag überweist."

Ausgelaugt lehnte Robert sich zurück. Schlaff hing er auf dem Stuhl und sein langer Körper sah aus, als sei er in der Mitte durchgebrochen. „Sie müssen mir glauben." Er suchte Kranskis Blick und vereiste in einer Gletscherlandschaft.

„Herr Kühn, einige Ermittlungsergebnisse stehen noch aus. Aber die Verdachtsmomente gegen Sie, Herrn Desario ermordet zu haben, reichen aus, Sie weiterhin in Polizeigewahrsam zu halten. Ach ja, ich müsste Ihren Pullover haben."

„Bitte." Robert zog den Pullover aus, der in eine Plastiktüte wanderte. „Wozu?"

Kranski übergab die Tüte dem Unscheinbaren, der damit den Raum verließ.

„Weder auf dem Deckel des Ankerkastens noch auf dem Hammer gab es Fingerabdrücke von Ihnen. Allerdings hat die Spurensicherung einen blauen Wollfaden am Innenrand des Ankerkastens gefunden. Das Labor vergleicht diesen jetzt mit ihrem Pullover."

„Gut", sagte Robert. „das wird endlich meine Unschuld beweisen."

Dienstag, 18.11. – 11.00 Uhr

Durch den Flur des Polizeipräsidiums hallte das Tak Tak Tak hoher Absätze. Die Frau, die auf Victor Kranski zukam, war schlank mit atemberaubend langen Beinen. Sie bewegte sich wie ein Model auf dem Laufsteg. Der weiße Ledermantel schwang im Takt, das lange blonde Haar leuchtete.

Hauptkommissar Victor Kranski unterdrückte in letzter Sekunde einen anerkennenden Pfiff. Als sie vor ihm stand, blickte er in ein Gesicht, das fast zur Hälfte von einer getönten Sonnenbrille verdeckt wurde. Deren Ränder stießen auf magere Wangenknochen. Neben der Kleopatranase verlief eine Narbe bis zum Mundwinkel. Kranskis Kennerblick ließ sich von Narbe und Brille nicht abschrecken. Die Frau war eine Schönheit und der Makel weckte seinen Beschützerinstinkt. Die Frau streckte ihm eine schmale, zerbrechlich wirkende Hand entgegen, die ein schlichter Goldring, dessen Preisklasse Kranski nicht zu schätzen wagte, schmückte.

„Veronica Desario."

Kranski unterdrückte das Verlangen nach Diener und Handkuss. „Frau Desario. Mein Beileid. Leider", er machte eine Geste, mit der er alle Schuld von sich wies, „muss ich Ihnen ein paar Fragen stellen."

Er führte sie in sein Büro, bat sie Platz zu nehmen und legte, fast beschämt, ein kleines Aufnahmegerät auf den Schreibtisch. Kerzengerade saß Veronica Desario, ohne den Rücken anzulehnen, auf dem Stuhl.

„Wann haben Sie Ihren Mann zum letzten Mal gesehen?"

„Samstagmorgen. Um neun Uhr hat mein Mann das Haus verlassen."

„Wollte er direkt zum Hafen fahren?"

„Ja."

„Ist es richtig, dass er das Schiff online zum Verkauf angeboten hat?"

„Ja."

Kranski schob den Kaufvertrag zu Veronica hinüber. „Ist das die Unterschrift Ihres Mannes?"

Veronica warf einen flüchtigen Blick darauf.

„Ja!"

Hat ihr Mann mit Ihnen über einen Interessenten gesprochen?"

„Nein. Ich wusste nur, dass die Auktion Samstagnacht endete. Deswegen ist mein Mann zum Hafen gefahren, um auf dem Boot Ordnung zu schaffen und seine persönlichen Sachen auszuräumen. Er wollte das Wochenende dort verbringen und am Montag von dort aus gleich in die Firma fahren."

„Warum haben Sie Ihren Mann nicht begleitet?"

„Ich werde seekrank. Auch auf einem liegenden Boot. Außerdem habe ich mich um meine Tochter gekümmert. Sie hatte hohes Fieber."

„Könnte Ihre Tochter das bestätigen?"

„Kaum. Sie hat fast die ganze Zeit geschlafen. Verdächtigen Sie mich, meinen Mann getötet zu haben?"

Er sah sie aus tiefgrünen Augen bekümmert an. „Ich muss diese Frage stellen. Routine. Dann ist Ihr Mann immer alleine rausgefahren?"

„Nein. Er nutzte die Jacht geschäftlich.

Er hielt auf der Jacht Besprechungen mit seinen engsten Mitarbeitern ab und lud an den Wochenenden gerne Kunden ein. Dabei bot er ihnen", Veronica Desario zögerte, sprach dann holpernd, als müsste sie in einer Fremdsprache reden „einen besonderen Service."

„Catering. Champagner, um die Kunden bei Laune zu halten?" Kranski lächelte verständnisvoll.

„Natürlich, was sonst." Veronica Desario verlor für einen Moment ihre beherrschte Haltung.

„Warum wollte er die Jacht verkaufen?"

„Soviel ich weiß, hatte sich der Kundenkreis vergrößert. Ich denke, der Service musste dementsprechend ausgeweitet werden. Deshalb die größere Jacht."

Kranski fiel die Unruhe auf, die Frau Desario befiel, wenn sie das Wort Service aussprach. Der Gatte war wohl Typ Workaholic, dachte er. Hat sie oft allein gelassen. Eine so schöne Frau. Du wirst unprofessionell, rief er sich zur Ordnung.

„Hätte einer seiner Kunden oder Mitarbeiter Grund gehabt, Ihren Mann zu töten?", versuchte Kranski wieder in sachliche Bahnen zugelangen. „Ich muss natürlich auch andere Möglichkeiten in Betracht ziehen."

„Unwahrscheinlich", Frau Desario lachte bitter auf. „Sehr unwahrscheinlich."

Merkwürdige Reaktion. Argwöhnisch fragte Kranski

„Würden Sie Ihre Ehe als gut bezeichnen, Frau Desario?" Kranskis Blick lief gegen die dunklen Brillengläser.

„Ja!"

Ein spontanes Ja. Sein Argwohn schwand.

„Falls Sie Tränen vermissen …", ergänzte Veronica Desario, „es ist nicht meine Art, öffentlich zu weinen."

„Wer außer Ihnen wusste noch, dass sich Ihr Mann alleine auf dem Boot befand?"

„Meine Putzfrau." Frau Desarios zartrosa geschminkte Lippen lösten sich zu einem Lächeln, das ihr etwas Mädchenhaftes verlieh.

„Käme sie als Täterin in Frage?" Kranski goss sein Icecream-Lächeln in das Zartrosa seines Gegenübers.

Frau Desario schmunzelte: „Wenn der Tote ihr Ehemann gewesen wäre, ja."

Lass die Plänkeleien. Kranski gab sich einen Ruck und legte Frau Desario das Polizeifoto von Robert vor.

„Kennen Sie diesen Mann?"

Veronica Desario nahm das Bild und betrachtete es lange. „Ist das der Käufer der Jacht und … hat er …?"

„Er war mit der Jacht und dem Toten unterwegs. Es liegen noch nicht alle Ergebnisse der Spurensicherung vor."

„Ich kenne den Mann nicht."

„Ich habe keine weiteren Fragen." Victor Kranski erhob sich und geleitete Frau Desario zur Tür. „Soll ich Sie nach Hause fahren?" Sie standen auf dem Flur.

„Danke, ich bin mit meinem Wagen hier", wehrte Veronica freundlich, aber bestimmt ab.

Der unscheinbare Polizist kam mit dem Mann von dem Foto auf sie zu. Kranski brummte ärgerlich.

„Kommen Sie." Mit einer fürsorglichen Geste dirigierte er Frau Desario aus dem Blickfeld des Mannes. Sie drehte sich um. Für zwei, drei Sekunden stand sie dem mutmaßlichen Mörder ihres Ehemannes von Angesicht zu Angesicht gegenüber. War er auf dem Boot gewesen, als sie Gerald suchte und schließlich schwer verletzt fand? Hatte er mitbekommen, was sie vorhatte, als sie sich das zweite Mal an dem Ankerkasten zu schaffen machte. Unwillkürlich griff sie sich an den Hals, als wäre ihr Leben in diesem Moment bedroht. Doch wenn er der Täter war, konnte er nicht sagen, dass er sie gesehen hatte, weil er sich damit selber verriet. Veronica entspannte. Nein. Sie sah in dem jungen Mann weniger den Mörder als ihren Retter. Sie hätte ihm gerne aufmunternd zugelächelt. Doch Justitia brauchte einen Schuldigen. Sie löste sich aus Kranskis Griff und eilte mit schnellen Schritten davon.

Robert hatte sie erkannt. Die Frau auf dem Bild. Die Frau des Toten? Zeigte das Bild ihr Gesicht, wie es am Anfang der Ehe ausgesehen hatte? Die Narbe. War das ihr Mann gewesen? Hatte sie sich aus einer Ehehölle befreit? Ein Karussell von Vermutungen kreiste in seinem Kopf. Hatte sie ihren Mann getötet? Der Hammer? Zufall? Oder hatte die Hagen auch für sie geputzt? Hatte sie von ihm erzählt und damit den perfekten Verdächtigen geliefert? Robert schwindelte. Dann die Mail, die ihn in die Falle lockte. Aber wo war das verdammte Geld geblieben? Er konnte sich gut vorstellen, dass ein Geschäftsmann wie Desario eine Bankadresse in einer Steueroase hatte, wo die Kaufsumme für das Boot gelandet war. Aber die restlichen Millionen? Undenkbar, dass Frau Desario davon wusste. Doch den Verdacht auf diese schöne und scheinbar untadelige Ehefrau zu lenken, würde ihn nur schuldiger wirken lassen. Ich habe verloren. Ich habe den Zuschlag

für einen Mord erhalten.

„Herr Kühn."

Wie in Trance war Robert in das Vernehmungszimmer gelangt. Der Polizeibeamte, der ihn hereingeführt hatte, stand wachsam im Hintergrund. Robert saß dem Hauptkommissar gegenüber, ohne ihn richtig wahrzunehmen.

Victor Kranski legte zwei Blätter vor ihn hin.

„Das Protokoll der Vernehmung von heute Morgen. Wenn alles seine Richtigkeit hat, unterschreiben Sie es bitte."

Robert las. Aber die Sätze flossen ineinander. Gleichgültig nahm er den Kugelschreiber, den Kranski ihm hinhielt, und unterschrieb.

Als der Hauptkommissar das Aufnahmegerät einschaltete, hätte Robert am liebsten aufgeschrien. Er wusste, dass er die Prozedur nicht mehr lange durchhalten würde.

„Was haben Sie am Sonntag, den sechzehnten November zwischen sechzehn und neunzehn Uhr gemacht?"

Kranski trug ein schwarzes Hemd. Die obersten Knöpfe waren offen und ließen die kräftige Halsmuskulatur erkennen. Sein schwarzes Haar glänzte und fiel bis auf die breiten Schultern. Es verlieh ihm etwas von einem gezähmten Wilden. Die Ärmel seines Hemdes waren bis zu den Ellenbogen aufgerollt und gaben braungebrannte, muskulöse Unterarme frei, die Kranski vor der Brust verschränkt hielt.

Mit gesenkten Lidern atmete Robert den Duft von Victor Kranskis Eau de Toilette ein: Zino Davidoff. Die Erinnerung an Hendrik raubte ihm fast den Verstand.

„Herr Kühn, haben Sie meine Frage verstanden?"

Robert zuckte zusammen:

„Sonntag? Ich war in meiner Wohnung. Den ganzen Tag. Ich habe gepackt. Ich habe das Schiff erst Montag früh betreten."

„Zeugen?"

Robert schüttelte den Kopf. Der Busfahrer! Aber er hatte die Kapuze seiner Windjacke aufgehabt, einen Schal umgeschlungen, der die untere Gesichtspartie bedeckte. Hoffnungslos. Dennoch sagte er leise:

„Der Busfahrer. Linie dreißig, Montag früh, vier Uhr dreiundvierzig."

„Wir prüfen das. Leider haben sich keine Zeugen, die die Vorgänge auf dem Schiff zur fraglichen Zeit hätten beobachten können, gemeldet. Ihr schwaches Alibi, Herr Kühn, und neue Erkenntnisse im Fall Desario erhärten den Verdacht gegen Sie, Gerald Desario aus Habgier ermordet zu haben. Ich weise Sie daraufhin, dass Sie die Aussage verweigern können und Anspruch auf einen Anwalt haben. Haben Sie das verstanden?"

Wie hypnotisiert schüttelte Robert den Kopf.

„D'accord", sagte Kranski, „ich wiederhole …"

„Nein! Ich will keinen Anwalt! Ich brauche keinen Anwalt! Ich bin unschuldig!" Robert brüllte den furchtbaren Druck, der auf ihm lastete und ihm die Luft raubte, heraus.

Als Kranski Roberts Ausbruch mit einem besonders zartschmelzenden Lächeln quittierte, wusste Robert, dass der nächste Tiefschlag kam.

„Hier ist die E-Mail, die Desario an Sie geschrieben hat." Victor Kranski hielt Robert den Ausdruck hin. „Die Kollegen von der Spurensicherung haben sie im sichergestellten Laptop auf Desarios

Schiff gefunden. Lesen Sie selbst: Vereinbarte Zeit, Sonntag, 16.00 Uhr. Zahlungsmodus, Barzahlung bei Übergabe des Schiffes. Kein Zusatz, dass Sie aufbrechen dürfen, falls er, Desario, verhindert ist. Wir haben daraufhin Ihren Provider kontaktiert. Die Mail selben Inhaltes lagerte dort, geöffnet und gelesen. Der Text war Ihnen bekannt, Herr Kühn. Was sagen Sie dazu?"

„Wenn es sich so abgespielt hat, wie Sie vermuten, Herr Kommissar …"

„Hauptkommissar", Kranski sanft.

„Ach leck …, sagen Sie mir, warum ich nicht gleich am Sonntag abgehauen bin." Robert tauchte aus dem Strudel, in dem er unterzugehen drohte, auf und schnappte nach Luft.

„Weil", Kranski noch sanfter, „Sie nicht weit gekommen wären. Die Schleuse wurde erst wieder Montagmorgen um acht Uhr bedient. Und ich hoffe, Herr Kühn, Sie wollen mir nicht erzählen, dass Sie das nicht wussten."

Robert schluckte trocken. Sein Hals war ausgedörrt und jedes Wort schmerzte. Er bat um ein Glas Wasser.

Kranski gönnte ihm nur eine kurze Pause.

„Haar und Blutspuren an dem Hammer stammen von Gerald Desario. Die KTU hat Anhaftungen gefunden, die sie einem Putzmittel zuordnen konnte, dass man nicht im Laden erhält, sondern nur bestellen kann. Geben Sie zu, Herr Kühn, dass Sie den Hammer aus Martha Grubers Haus mitgenommen haben, oder lassen Sie uns suchen?"

„Bin ich ein Spielverderber?", krächzte Robert. „Suchen Sie!" Es war ein letztes verzweifeltes Aufbäumen.

„Der Schlag mit dem Hammer war nicht die Todesursache. Anhand des

Wundheilungsprozesses ist davon auszugehen, dass Desario mindestens noch eine Stunde nach dem Schlag gelebt hat. Es ist sehr wahrscheinlich, dass er nach diesem Schlag bewusstlos war. Sie haben ihn, im Glauben, er sei tot, in den Ankerkasten verfrachtet. Sie müssen sehr umsichtig vorgegangen sein. An der Leiche und an Ihrer Kleidung haben wir keine Spuren gefunden, die auf einen Kontakt hinweisen. Aber irgendwann, vielleicht weil Desario aufstöhnte oder Sie sich vergewissern wollten, ob er wirklich tot sei, haben Sie nochmals nachgeschaut, sich hinuntergebeugt, festgestellt, dass Desario lebt, und ihm das Handtuch auf den Mund gepresst, denn der Tod erfolgte durch Ersticken. Dabei ist ein Faden Ihres Pullovers am Kastenrand hängengeblieben."

Robert vertiefte sich in Kranskis melodische Stimme, als lausche er den gewaltigen Klängen von „Tristan und Isolde". Das einzige Mal in seinem Leben, in dem er in einer Oper war. Er hatte an Hendriks Seite gesessen, maßlos verwundert, dass dieser raue Kerl sich wie im Rausch der Musik hingab.

„Herr Kühn, möchten Sie sich dazu äußern?"

Robert strahlte Victor Kranski an: „Es ist vorbei."

„Sie gestehen also die Tat?"

„Nein. Ich sagte nur, dass es vorbei ist." Er lehnte sich zurück und schloss die Augen.

Kranski nahm erneut Anlauf. „Ein Geständnis würde sich strafmildernd auswirken, ebenso wie die Rückgabe des Geldes."

Die Reaktion von Roberts Seite ließ Kranski überrascht zurückweichen. Er erhob sich und ging vorsichtshalber auf Distanz. Die Hand des Polizeibeamten griff zur Dienstpistole.

Robert war in Lachen ausgebrochen. Er lachte, dass ihm die Tränen liefen. Er lachte so heftig, dass sein hagerer Körper schlenkerte, wie eine tanzende Marionette. Er rutschte vom Stuhl und krümmte sich vor Lachen auf dem Boden.

„Schnell einen Arzt!", befahl Kranski.

„Nicht nötig", prustete Robert, hockte sich hin, umschlang seine Knie mit den Armen und legte die Stirn darauf. Der gekrümmte Rücken wurde von weiteren Anfällen erschüttert.

Victor Kranski stellte sich hinter Robert, fasste ihn unter die Achseln und hob ihn hoch. Der Polizeibeamte hatte die Pistole halb aus dem Holster gezogen. Kranski legte Robert Handschellen an.

Roberts Kopf sank auf Kranskis Schulter. Der Polizist wurde bleich und blickte unschlüssig auf seine Waffe. Er entsicherte sie. Die Mündung zeigte nach unten. Er beobachtete angespannt Kranski und Robert.

„Ich habe nichts", sagte Robert leise und schmiegte sein Gesicht an Kranskis Hals. „Ich hatte nur einen Traum. Aber was ich erhielt, war der Zuschlag für eine Leiche. Das ist absurd. Aber ich habe die Allgemeinen Geschäftsbedingungen akzeptiert. Vertrag ist Vertrag und nun muss ich den Preis zahlen." Robert kicherte und Kranski rückte von ihm ab. Er gab dem Polizisten einen Wink, der die Waffe sicherte und im Holster verschloss.

„Darf ich in meine Zelle, Herr Hauptkommissar?" Roberts Gesicht war tränennass und Kranski hätte geschworen, dass es keine Lachtränen waren.

„Später, Herr Kühn. Erst einmal führen wir Sie dem Haftrichter vor."

Dienstag, 18.11. – 13.40 Uhr

Professor van Linden hatte väterlich an Lilians Bett gewacht, die in tiefem Schlaf lag. Dünne weiße Gardinen filterten milchiges Tageslicht, das dem Raum eine unwirkliche Atmosphäre verlieh. Er hatte Lilian abgehört, Fieber gemessen, Veronica, die nach der Befragung eilig nach Hause gehetzt war, gesagt, dass ihre Tochter auf dem Wege der Besserung sei. Trotzdem hatte er einen bekümmerten Gesichtsausdruck behalten.

Nun legte er den Zeigefinger auf die Lippen, machte ,Psst' und gab Veronica ein Zeichen, das Zimmer zu verlassen. Kaum hatte sie die Tür behutsam hinter sich geschlossen, als sie den Professor auch schon fragend ansah. Er druckste herum. Veronicas Knie wurden weich. Sie tastete nach der Wand und lehnte sich an. Van Linden hakte sie unter und führte sie in den Salon.

„Meine liebe Frau Desario, Sie sollten sich setzen."

Es war beängstigend, wie dieser stabile Mann mit den weißen Haaren, dessen Gesicht im Allgemeinen Kompetenz und Güte vermittelte, dastand, die Hände auf dem Rücken, den Kopf gesenkt, wie ein kleiner Junge, der seiner Mutter einen Streich beichtet.

„Was ist mit meiner Tochter." Veronica erschrak vor ihrer Stimme und der Frage, die sie so laut gestellt hatte, dass sie den Eindruck hatte, sie halle von den Wänden zurück.

Professor van Linden steuerte ein Fenster an, schaute interessiert ins Nichts, wippte auf den Zehenspitzen und räusperte sich mehrmals, bevor er zu sprechen begann.

„Als Sie Lilian vor einiger Zeit in meine Praxis brachten, da Sie sich wegen ihrer Antriebsschwäche sorgten, habe ich sie natürlich gründlich untersucht. Ein Blutbild angelegt und daraufhin eine Ultraschalluntersuchung vorgenommen."

„Sie hat eine schwere Krankheit." Veronica saß kerzengerade.

„Nein." Der Professor wandte sich ihr zu. „Ihre Tochter ist schwanger."

Durch Veronicas Kopf rasten die Gedanken. Blitzschnell überlegte sie, wer in Frage käme, und die Antwort darauf brachte sie einer Ohnmacht nahe. Sie war sich gewiss, dass Lilian keinen Freund in ihrem Alter hatte. Gerald, dachte sie und der Raum mit dem Professor vor ihr sauste um sie herum. Aber dann traf sie eine Erkenntnis, die schlimmer war. Theo Meyer! War Lilian das Versprechen gewesen? Nein! Darüber hatten Meyer und ihr Mann erst vor ein paar Tagen geredet. Ein anderer Kunde? War Lilian der Preis für einen lukrativen Auftrag gewesen?

Nein, nein, nein! Veronica schüttelte den Kopf. Zu sehr hatte Gerald Lilian als sein Eigentum betrachtet.

Van Linden räusperte sich wieder:

„Nach der Ausbildung des Embryos zu urteilen, schätze ich, dass sie in der 16. Schwangerschaftswoche ist. Da Lilian aber noch ein Kind ist und zudem sehr zart gebaut, denke ich, dass wir einen Abbruch vornehmen können. Ich kenne einen ausgezeichneten Gynäkologen. Ein Freund von mir. Vielleicht sollte man trotzdem den Jungen finden, der der Vater ist."

Veronica schüttelte heftig den Kopf. „Nein! Ich entscheide." Als sie die Worte ausgesprochen hatte, dauerte es eine Sekunde bis sie begriff, was sie gesagt hatte. Ich entscheide. Ein Gefühl unendlicher Befreiung durchströmte sie.

„Wird es ein Junge oder …?"

„Wollen Sie das wirklich wissen? Warum sich mit dieser konkreten Vorstellung belasten?"

„Sagen Sie es mir", forderte Veronica.

„Ist Ihre Situation nicht schwierig genug?"

„Ich will es wissen!"

„Ein Junge." Der Professor versank in den Tiefen eines Sessels.

Geralds Kind, ein Junge, dachte Veronica. Ich werde es als mein eigenes aufziehen. Adrenalin pur. Und ich werde es nach meinen Vorstellungen formen. Ich schaffe einen sanften Gerald, einen liebevollen, fürsorglichen Menschen. Triumphales Aufblitzen.

Besorgt verfolgte van Linden die emotionalen Wechselbäder, die sich auf Veronicas Gesicht abspielten.

„Ich werde mit Lilian in der Schweiz Urlaub machen, bis es soweit ist", sagte sie entschlossen. „Sie kann Privatunterricht nehmen. Zum Geburtstermin kehre ich zurück und bitte Sie, Lilian in die Klinik Ihres Freundes einzuweisen. Dann bitten Sie ihn, mich als die Mutter des Kindes anzugeben", forderte Veronica.

Irritiert blickte van Linden sie an.

„Ich habe Sie noch nie so entschlossen gesehen. Eigentlich habe ich immer alles, auch wenn es um ihre Tochter ging, mit ihrem Mann besprochen. Mmh", er strich sich über den Nasenrücken, „die Idee scheint vernünftig. Mein Freund, Dr. Hellwein, wird uns bestimmt unterstützen." Van Linden lächelte gelöst. „Eine Last ist Ihnen zumindest genommen. Der Mörder Ihres Mannes ist so gut wie überführt."

„Nun", Veronica spürte ihren Puls schneller gehen. „Man hat einen Verdächtigen festgenommen. Ich fürchte", sie korrigierte sich rasch, „ja, wahrscheinlich ist er der Täter. Aber woher wissen Sie …?"

„Ich habe mit Staatsanwalt Winter gesprochen. Ein guter Freund von mir."

Noch einer, wollte es aus Veronica herausplatzen. Aber sie schluckte die Bemerkung herunter.

„Es ist tröstlich zu wissen, dass dieser Verbrecher hinter Gittern ist. Ein so vitaler Mann wie Ihr Gerald und ein so schreckliches Ende. Ich bin erschüttert. Ich darf sagen, Ihr Mann war ein Freund. Er war …"

Veronica schaltete ab, als van Linden eine Lobeshymne auf ihren Mann anstimmte. Weg, dachte sie, ich will nur weit weg von hier.

„Ich verkaufe das Haus", unterbrach Veronica den Professor. „Nach der Geburt des Kindes ziehe ich zu meinen Eltern. Vielleicht bleibe ich dort." Sie schloss die Augen und malte sich aus, wie sie das Haus verschönern, aber den Garten in seiner Wildheit belassen würde. „Ich finde jemanden, der die Firma weiterleitet, unter meiner Regie natürlich." In diesem Moment verlor Veronicas Lächeln das mädchenhafte. Sie ging zur Hausbar, deren Nutzung Gerald ihr strikt verboten hatte, griff wahllos nach einer Flasche und goss Scotch in ein Glas. Sie leerte es in einem Zug und schnitt eine Grimasse zu dem Spiegel über der Bar, der das Funkeln der vielfarbigen Flüssigkeiten in den Kristallkaraffen und im feinen Schliff der Gläser aufnahm. Dazwischen fiel das stumpfe Braunrot der Narbe besonders hässlich auf.

„In der Schweiz kann ich auch gleich mein Gesicht verschönern lassen", sagte sie munter, drehte sich beschwingt zum Professor und prostete ihm zu.

„Ich freue mich", sagte der Professor verhalten und musterte Veronica erstaunt und besorgt zugleich. „Es ist wirklich beeindruckend, wie tatkräftig Sie diese schwierige Situation angehen", lobte er unsicher und wechselte zu einem ernsten Thema „Ein schwerer Gang, liebe Frau Veronica, liegt jedoch noch vor Ihnen. Sie müssen Lilian den Tod ihres Vaters beibringen und natürlich muss Ihre Tochter Ihren Plänen bezüglich des Kindes zustimmen. Reden Sie mit ihr, sobald es ihr besser geht."

Veronicas Höhenflug endete klatschend in einer Bauchlandung.

„Helfen Sie mir!" Flehender Blick zu dem Arzt.

Van Linden schüttelte sein weißes Haupt:

„Nein, Frau Desario, das ist ganz allein Ihre Aufgabe und ich habe in den letzten Minuten den Eindruck erhalten, dass Sie dem gewachsen sind."

Veronica seufzte tief auf. Sie nahm die Decke, die zusammengefaltet auf der Sessellehne lag und wickelte sich darin ein. Sie schwieg, bis die Stille im Raum sie anschrie. Ihr fiel wieder ein, dass sie den Arzt etwas Wichtiges fragen wollte:

„Man hat mir mitgeteilt, dass Gerald morgen freigegeben wird. In zwei Tagen ist die Beerdigung. Meinen Sie, ich sollte Lilian ...?"

„Nein!" Der Arzt hob abwehrend die Hände. „Dafür ist sie zu schwach. Spä-ter, wenn sie sich erholt hat, dann besuchen Sie mit ihr das Grab ihres ...", van Linden brach erschüttert ab, „ihres Vaters", beendete er den Satz mit erstickter Stimme.

Veronica biss die Zähne zusammen, sonst hätte sie aufgeschrien angesichts dieses Trauerspiels. Natürlich durfte van Linden nicht erfahren, dass sie froh war, Gerald endlich zu beerdigen. Vor der Trauerfeier graute es sie zwar, aber sie würde sich hinter sehr viel Schwarz verstecken und in Erinnerung an die guten Tage mit Gerald wahrscheinlich auch ein paar Tränen zustande bringen.

Dienstag, 18.11. – 16.25 Uhr

Die Schelle klang so müde, wie die Frau aussah, die vor der Tür stand.

„Ich gebe nichts! Verschwinden Sie!" Herta war fuchsig. Verdammtes Bettelpack. Sie wollte das Lumpenbündel vor ihrer Haustür schnellstens loswerden. Ein vom Regen aufgeweichter Turnschuh verhinderte jedoch das Zuschlagen der Tür.

„Reden Sie mit mir oder der Polizei."

„Ja ja rufen Sie die Polizei ich bin eine anständige Frau arbeite schwer habe nichts zu verbergen ich verdiene mein Geld hart ich ..."

„Bei Familie Desario, deren Ernährer jetzt tot ist."

Herta schnappte ihrem Redeschwall hinterher und verschluckte sich.

„Schlimme Sache." Herta fing sich rasch. „Aber was kümmert Sie das?"

Die Frau fischte ein Handy aus der Manteltasche und wedelte damit vor Hertas Nase herum.

„Wollen wir Fotos gucken?"

Herta zog die Lippen nach innen und sah zahnlos aus. Sie dirigierte die Fremde in die Küche und schielte dabei kurz nach dem Messerblock.

„Denken Sie nicht einmal daran. Machen Sie mit lieber einen Kaffee."

„Ich denke nicht daran."

„Daran dürfen Sie denken. Also ..."

Die Fremde hockte auf der Küchenbank. Missvergnügt sah Herta, dass ihre Träume in Form der Reiseprospekte auf dem Tisch ausgebreitet waren. Die Frau kramte ein Taschentuch aus der Manteltasche und putzte sich die Nase, an der – wie Herta unangenehm berührt feststellte – ständig Tropfen hingen. Das verdreckte Taschentuch landete auf Mallorca. Herta startete zu einem entrüsteten Kommentar, als die Hand der Frau erneut in die Manteltasche fuhr. Sie beförderte einen alten Armeerevolver zutage und legte ihn neben das Schmutztuch.

Eine Verrückte. Herta dachte an den Buben und behielt die Nerven.

„Sie kriegen Ihren Kaffee sagen was Sie wollen und machen dass Sie davon kommen oder glauben Sie etwa dieses alberne Spielzeug da macht mir Angst ich bin schon mit ganz anderen fertig geworden wenn Sie glauben ...!"

Die Frau hob die Waffe, zielte und knallte das Bild ab, das den Buben als Baby nackt auf einem Bärenfell zeigte. Glas splitterte. Putz sprengte nach allen Seiten. Edgars Kinderpopo war zerfetzt.

Hertas magerer Körper krampfte. Mit steifen Händen füllte sie Kaffeepulver in den Filter und schaffte es unter großer Anstrengung, den kleinen Schalter herunterzudrücken, der die Maschine in Gang setzte.

„Reden Sie." Herta lehnte gegen die Arbeitsplatte und versuchte weiterhin die Nerven zu behalten.

„Mein Leben war die Hölle", begann die Fremde schniefend. „Flucht vor den Russen, Lungenentzündung, von der ich mich nie richtig erholt habe, miese Jobs ohne nennenswerte Rentenversicherung, Sozialwohnung, zusammen mit Säufern und anderen Subjekten, die auf der Strecke geblieben sind."

„Ich heul gleich." Herta bekam Oberwasser. Diese abgewrackte Tante in ihrer Küche, die sie auf einiges über Siebzig schätzte, verlor zunehmend das Bedrohliche. Nun aber hob die Frau die zerknitterten Lider und sah Herta mit weit geöffneten Augen an. Graue Augen. Die Iris von feinen Äderchen durchzogen, ähnelten sie einem Spinnennetz. Herta beschlich ein ungutes Gefühl. Sie kannte diese Augen.

„Was wollen Sie?"

„Das Geld meiner Schwester".

„Welches Geld, welche Schwester? Sie gehören in die Klapse machen Sie dass Sie rauskommen!" Herta wies zur Tür.

Unbeeindruckt schlürfte die Frau ihren Kaffee.

„Haben Sie Kekse?"

Herta ballte die Fäuste.

„Sehen Sie", begann die Frau, „für mein bisschen Erspartes habe ich einen Privatdetektiv angeheuert und nach meiner Schwester Martha suchen lassen." Die Frau fixierte Herta mit ihren Spinnennetzaugen und erzählte weiter. „Er hat sie tatsächlich gefunden. Stellen Sie sich vor, wie überrascht ich war, zu erfahren, dass meine Schwester eine reiche Frau ist. Reich, weil die Glücksgöttin versehentlich über den Ehemann gestolpert war." Die Frau grinste breit, als sie an den zornigen Fritz dachte, der gegen die ungerechte Fortuna gewettert hatte. „Trotz allem", fuhr sie fort, „konnte ich nicht einfach vor Martha hintreten und sagen, hier bin ich, die verlorene Schwester. Mir fehlten klare Beweise. Außer einigen Briefen und alten Fotos besaß ich nichts. Keine Geburtsurkunde, kein Familienbuch. Ich fürchtete, als Erbschleicherin dazustehen. Zudem war mir der Untermieter nicht ganz geheuer."

Die Frau wischte mit dem Mantelärmel einige Tropfen unter der Nase weg.

„Was hätten Sie getan?" Naiv fragender Blick zu Herta hin.

Herta geriet in Rage. Die Bedrohung durch die Alte ertrug sie, aber nicht, dass sie ihr noch Ratschläge wie eine beste Freundin erteilen sollte.

„Ich wäre abgehauen", antwortete sie bissig. „Und ich gebe Ihnen die Chance dass jetzt nachzuholen."

Die Frau winkte mit dem Handy. „Sehen Sie, ich habe angefangen, die Personen um Martha herum zu beobachten. Ich habe gesehen, wie Sie Desario umgebracht haben."

„Sie können gar nichts beweisen." Herta triumphierte.

„Hier ist alles festgehalten." Die Fremde wedelte mit dem Handy. „Ich habe alles fotografiert. Von Ihrer Ankunft bis zum Schluss."

„Zeigen Sie mal her", Herta streckte auffordernd die Hand aus, „auf solche Tricks falle ich nicht rein."

Die Frau überreichte das Handy. „Natürlich habe ich die Bilder auf eine CD gebrannt."

Hertas Gesicht verlor alle Farbe, als sie sich bei der Arbeit auf Desarios Schiff sah. Sie schleuderte das Handy gegen den Kopf der Alten, die es geschickt abfing.

„Zu dem Zeitpunkt wusste ich natürlich nicht, warum Sie das taten", fuhr die Frau ungerührt fort, „aber ich dachte mir, dass es um Geld geht."

„Falsch gedacht." Herta schuffelte sich näher an den Messerblock.

„Erst als der Junge das Schiff in Besitz nahm, habe ich begriffen. Desario wurde geopfert, um den Bengel über die Klinge springen zu lassen, eine Vermutung, die die Nachrichten heute Morgen bestätigten. Ein wahrhaft perfider Plan." Die Frau sah Herta bewundernd an.

Herta hatte die Arme vor der Brust verschränkt und lauschte ins Haus. Sie hoffte, dass Edgar schlief und damit nicht in die Nähe dieser Irren geriet. Dabei grübelte sie, wie sie die Frau loswerden konnte. Edgars starkes Beruhigungsmittel in den Kaffee. Dafür hätte sie jedoch das Bad aufsuchen müssen.

„Ich muss mal aufs Klo!"

„Nein!" Die Frau legte die Hand auf den Revolver. „Sie sind gleich erlöst".

Fast fünf Uhr. Langsam wurde es in der Küche dunkel. Herta schaltete das Licht ein. Dann lehnte sie sich wieder mit verschränkten Armen gegen die Küchenzeile. Schwach tönte aus der Neubausiedlung das Bellen des Golden Retrievers. Sein Herrchen, der dicke Herr Müller, kehrte aus dem Büro heim. Wie jeden Nachmittag begrüßte ihn der Köter, als sei Müller verschollen gewesen. Obwohl sie es kaum wahrnahm, wusste sie, dass die Dackelzucht zwei Häuser weiter mit hellen Stimmen kläffend einfiel. Gewöhnlich fuhr sie dreimal die Woche um diese Zeit an der Siedlung vorbei. Von der nahegelegenen Autobahn drang monotones Rauschen. Die

Vertraute Kulisse um sich herum empfand sie plötzlich als schieren Hohn. Denn mittendrin hockte diese unberechenbare Alte.

„Der Junge erwirbt eine Luxusjacht", spann die Frau ihren Verdacht weiter. „Wovon? Ich denke, er hat sich das Vermögen meiner Schwester unter den Nagel gerissen. Wie Sie ihm auf die Schliche gekommen sind, weiß ich nicht. Aber nur das Resultat zählt. Sie haben ihn als Mörder dastehen lassen. Er kommt ins Gefängnis und das Geld zu Ihnen. Das war der Part, den Ihr Sohn übernommen hat, nicht wahr?"

„Fantastereien wir haben kein Geld", presste Herta erbittert hervor.

„Dann haben Sie Desario aus Spaß getötet. Wenn ich das hier", die Frau wedelte wieder mit dem Handy, „der Polizei übergebe, hat Ihr Sohn für lange Zeit keine Mama mehr, die sich um ihn kümmert. Dem Buben selbst wird der Knast auch nicht erspart bleiben. So ein hübscher Junge wird schnell Freunde gewinnen."

Herta erlitt einen Schwächeanfall und legte sich lang auf das Linoleum.

Edgar stand plötzlich im Raum.

„Ok. Wie lautet der Deal?"

Er half seiner Mutter hoch. Sie schwankte zu einem der Stühle, setzte sich und sah verwirrt auf den Buben. Edgars Blick traf unterkühlt auf den der Alten.

„Ich vermute, Sie haben sich abgesichert."

„Ein Freund." Die Frau nickte lächelnd. Fritz Maler besaß einen Tresor und solange an jedem Ersten des Monats eine angemessene Miete einging, würde er den Umschlag nicht öffnen.

„Es wäre nicht ratsam", sagte die Frau mit Nachdruck, „wenn mir etwas Ungewöhnliches zustoßen würde."

Edgar zündete sich eine Zigarette an, die einen süßlichen Geruch verströmte. Er fläzte sich auf den Stuhl der Frau gegenüber und sah sie wie den Dealer an, von dem er seinen Stoff kaufte.

„Also kommen wir zum Geschäft."

Die Fremde ließ sich Zeit.

„Sagen Sie", wandte sie sich an Herta, „hat sich Desario nicht gewundert, Sie auf dem Boot zu sehen?"

Herta resignierte. Erst stockend, dann geradezu befreit schilderte sie die Ereignisse.

„Ich steh auf der Treppe zur Kombüse runter und ruf den Desario und bleib stehen damit ich groß bin wie der Krauskopf weiß doch dass die feststellen wie groß jemand ist der den Schlag ausführt", sie tippte sich ganz stolz an die Stirn. „Taucht der Desario auf Handtuch um die Schultern halbnackt fragte nur ,hat meine Frau Sie geschickt um mir beim Saubermachen zu helfen oder sollen Sie mich kontrollieren' guckt dabei von oben herab wie es seine Art ist wirklich 'n Arsch dann zeigt er auf meine Schutzklamotten sagt ,haben Sie Angst sich auf meinem Schiff eine Krankheit zu holen allerdings wäre ich beleidigt wenn eine wie Sie mich beleidigen könnte' grinst blöde dreht sich halb weg da hab ich den Hammer von der Gruber in der Hand den ich mir mal", Herta guckte verlegen, „ausgeliehen hatte" fuhr sie rasch fort „und dem Desario gegen den Kopp gekloppt dass er schwankt gegen die Arbeitsplatte kippt fuchtelt reißt die Zuckerdose um die schöne aus Kristall ich wickle ihm das Handtuch um den Kopf damit ich keine Blutspur ziehe und schlepp ihn nach oben hab als Krankenschwester gearbeitet weiß wie man zupacken muss nur die Treppe rauf war ätzend dann rein in den Kasten wo die Ankerwinde ist das Handtuch verrutscht ist egal hatte 'n Fussel vom Lieblingspullover des Jungen hab ihn an einen Splitter an der Kastenwand aufgespießt dann rein ins Schiff Kaufvertrag mit gefälschter Unterschrift" – hingerissener Blick zu Edgar – „auf den Tisch Handy gesucht lag ganz offen und ausgeschaltet denk dass ich das Durcheinander wegmachen sollte auch in der Küche ..."

„Kombüse."

„Wen interessierts aber da ..." Herta bebte, „graust es mich plötzlich und ich bin raus reiß mir die Schutzkleidung vom Leib stopf alles in die Tasche bin aufs Fahrrad und los als wär der Teufel hinter mir her." Sie atmete tief durch.

„Fast hätte Desario überlebt."

„Wie?" Herta sah verständnislos auf die Frau.

„Sie haben ihn nur verletzt. Den Todesstoß habe ich ihm versetzt."

Hertas Gesichtsausdruck ließ keinen IQ mehr erkennen. Der Bube grunzte.

„Und hätte ihn seine Frau nicht aufgesucht, wäre ich gar nicht auf den Gedanken gekommen, nochmals auf das Boot zurückzukehren. Schließlich wollte ich auch nicht, dass er entdeckt wird. Das Gelingen eures Planes", und sie sah von Herta zu Edgar, „sollte schließlich meinen Lebensabend sichern. Tja, es geht nichts über Teamarbeit."

„Die Frau Veronica war dort na der hab ich einen Gefallen getan einen richtigen Gefallen wär trotzdem blöd gewesen wenn sie mich erwischt hätte."

„Mama, du wurdest erwischt. Von der da." Edgar zeigte auf die Alte. „Was

wird nun aus uns?", hakte er nach.

„Das Geld geht in meine Verfügungsgewalt. Dann fahren wir alle nach Mallorca und kaufen dort ein Haus."

Herta blickte hoffnungsvoll, der Bube argwöhnisch.

„Weil Sie eine reizende alte Dame sind?"

„Alt, Sie sagen es mein Lieber. Ich brauche eine Haushaltshilfe. Putzen. Kochen. Einkaufen." Die Frau sah freundlich auf Herta und das Lächeln zog Linien über ihr Gesicht, die dem Gassengewirr einer orientalischen Altstadt ähnelten. Dann wandte sie sich Edgar zu.

„Ich brauche einen Chauffeur. Einen Gärtner. Einen Mann fürs Grobe."

Edgar erbleichte. Herta schluchzte auf:

„Aber der Bub ist so zart."

„Die Arbeit wird einen Mann aus ihm machen. Edgarlein möchte doch gewiss nicht, dass Mami erfährt, was ihn so schwächt?"

„Rien ne va plus. Ich weiß, wann ein Spiel vorbei ist." Edgar sah ergeben auf die Fremde. „Dann pack mal, Mami. Und den Weibern, bei denen du putzt, sagst du, dich hätte endlich die Glücksfee geküsst und deine Lottomanie von Erfolg gekrönt. Und dann ab ins Flugzeug fly fly to the sun."

„Quatsch deutsch", sagte Herta mit tiefer Liebe in jeder hart erkämpften Sorgenfurche ihres Gesichtes.

„Und ich", er seufzte schmerzlich beim Blick auf die Alte, deren Nase tropfte, „flieg auf die Caymans und hole als Leiter einer Seniorenresidenz das Geld ab. Damit." Er zückte einen Ausweis.

„Planänderung, Junge", sagte die Alte. „Mami fliegt und wir drei", ihre knochigen Finger umschlossen die Luger, deren Mündung sie auf Edgar richtete, „suchen auf Mallorca ein schönes Plätzchen. Denn Mami kommt zu ihrem Buben zurück, da bin ich sicher." Sie grinste breit. „Und deinen Laptop verwahre ich", fügte sie hinzu und forderte den kleinen Schwarzen ein.

„Sie sind der Boss", sagte Edgar und warf seiner Mutter einen verschlagenen Blick zu.

„Keine Tricks. Nehmt meinen Rat an und sorgt dafür, dass diese alte Lady", sie zeigte auf sich, „ein langes Leben hat. Ich habe ein Testament gemacht. Nach meinem Tod, ginge das Restvermögen an einen Gnadenhof für Tiere."

Herta und Edgar schnauften synchron. Edgar zündete eine Selbstgedrehte an, die dicker war als die erste.

Die Alte ließ den Revolver um ihren Finger kreisen wie ein Westernheld und dachte an das Gnadenbrot für die Tiere, vor allen Dingen für die Pferde, die armen Pferde.

Donnerstag, 20.11. – 12.00 Uhr

Der Justizvollzugsbeamte Josua Schneider schaute durch das Guckloch in die Zelle auf den Insassen Robert Kühn. Er betrachtete ihn mit besonderer Neugierde, denn es war der seltsamste Untersuchungshäftling, den er jemals beaufsichtigt hatte. Ihm würde er das stärkste Kapitel in seinen Memoiren widmen.

Josua Schneiders Zeit war um. Bald würde er pensioniert werden. Seine Haut war grau und rissig wie die Wandfarbe der Zelle und er war gleichmütig

geworden in den vielen Dienstjahren mit unzähligen Häftlingen. Da hatte es die Zornigen gegeben, die gegen die Tür schlugen und ihre Unschuldsbeteuerungen herausschrien; und die Schicksalsergebenen. Da waren die Verschlagen gewesen, die warteten, dass der Wärter einen Fehler machte und sie ihre Chance zur Flucht bekämen, und die Arroganten, die „Mein Anwalt holt mich hier raus" protzten. Alles hatte er erlebt. Hatte kumpelhafte Annäherung und tiefste Verachtung von den Delinquenten erlebt.

Aber dieser junge Kerl durchbrach Josuas Gleichmut und fesselte sein Interesse, wie er es nicht mehr für möglich gehalten hätte.

Der Junge lachte.

Josua wusste, dass Robert Kühn des Mordes angeklagt war und die Indizien so erdrückend waren, dass ihn eine lange Haftstrafe erwartete. Doch der junge Mann lachte. Immer wieder prallten Heiterkeitsanfälle gegen die Zellentür. Dann sah Josua durch das Guckloch, sah den hochaufgeschossenen Krauskopf auf der Pritsche sitzen, sah wie der hagere Körper vor Lachen erbebte, und sah, wenn der Junge sein Gesicht aus den Händen nahm, in die er es wie in eine Schale gelegt hatte, und es Josua zuwandte, eine tränennasse, vom Lachen verzerrte Miene.

Manchmal lag Robert auch gänzlich regungslos auf der Pritsche. Die Füße hingen über den Pritschenrand. Er starrte zur Decke, ignorierte die Schmierereien an den Wänden. Er würde sich dort nicht verewigen. Er würde aus dieser Zelle verschwinden, ohne Spuren zu hinterlassen.

Wenn er so dalag, hörte er von Ferne das Summen vorbeifahrender Autos. Er sah ihre blitzenden Dächer vor sich, die das Sonnenlicht einfingen, mitnahmen, ein einziger Strahl, der ihn in eine andere Welt beamte. Dann verstärkte sich das Summen der Autoarmada zu einem Rauschen, das über ihn hinwegbrandete, zu einer gewaltigen kristallblauen Welle wurde, die ihn hochhob und hinaustrug auf das endlose Meer.

Die reglosen Phasen des Häftlings erhöhten Josuas Wachsamkeit. Er sah dann öfter nach dem Jungen, der wie eingefroren wirkte. Er beobachtete ihn so lange, bis er ein Zucken der Füße registrierte oder eine Bewegung der Hände, die sich zu Fäusten schlossen. Manchmal war der junge Kerl nur damit beschäftigt, behutsam seine langen, krausen Haare abzutasten, in die einige Rastalocken geknüpft waren. Eine Geste, die Josua überaus irritierte. Er dachte dabei jedes Mal an seine Frau, die, wenn sie vom Frisör kam, alle paar Minuten überprüfte, ob ihre Frisur noch saß.

An manchen Tagen hob der Junge aus seiner liegenden Position nur den Kopf und blickte unverwandt zu dem Guckloch, bis Josua das Gefühl hatte, dass die Blicke sich in sein Gehirn pierten. Blicke aus träumenden Augen, die für immer in seinem Bewusstsein haften würden. Blicke, die Josua klarmachten, dass der Junge die Zelle längst verlassen hatte.

Freitag, 21.11. – 16.00 Uhr

Vor dem Fahrstuhl fing Plum Victor Kranski ab. „Nicht identifizierte Wasserleiche. Männlich."

„Wenn jemandem die Lust am Leben vergangen ist, gilt das Prinzip der Selbstbestimmung. Also, belästige mich nicht. Mein freies Wochenende beginnt."

„Kein Suizid. Es ist noch nicht eindeutig geklärt, ob es ein Unfall war oder ein Tötungsdelikt."

Kranski sah genervt auf den kugeligen Kollegen. „Dann klärt das mal. Sagte ich schon ‚freies Wochenende'?"

„Dachte nur, es interessiert dich." Plum zwang seinen Mund in eine Form, die einem Lächeln ähnelte, und hob die Schultern.

Die Aufzugstüren rasselten auseinander.

„Mein Interesse steht Montag wieder auf Empfang." Kranski blickte düster in den alten Fahrstuhl. „Sollte ich Montag nicht erscheinen, sieh hier nach", er deutete auf den Methusalem unter den Fahrstühlen. „Versprich mir das, Emil." Die Fahrstuhltüren klapperten zusammen.

„Lass den Aufzug sausen", forderte Plum. „Die Leiche trieb im Fluss, nicht weit entfernt vom Hafen, wo der Werbemogul ermordet wurde."

„Du meinst, da besteht ein Zusammenhang?" Kranski schlenderte Richtung Treppenhaus.

„Vielleicht."

„Erzähl mir was über die Leiche auf dem Weg nach unten."

Plum guckte entgeistert. „Laufen?"

Victor Kranski hob resigniert die Arme. Die Aktenmappe, die er unter den Arm geklemmt hatte, fiel mit einem satten, ledernen Geräusch auf die Fliesen. Kranski lehnte sich an die Wand, verschränkte die Arme vor seinem muskulösen Brustkorb und sah ergeben auf Plums rundliches Gesicht.

„Was unsere Rechtsmedizinerin auf den ersten Eindruck hin sagen kann, ist, dass der Mann zwischen sechzig und fünfundsechzig Jahre alt ist und seit ca. fünf Tagen im Wasser lag. Billige Kleidung. Zähne und körperliche Verfassung in schlechtem Zustand. Vielleicht Sozialhilfeempfänger. Darüber könnten wir ihn möglicherweise ausfindig machen. Interessant ist, dass er ein hochwertiges Fernglas an einem Lederband um den Hals trug. Das wurde ihm zum Verhängnis. Mit dem Lederband wurde er erwürgt oder er ist unglücklich gestürzt, irgendwo hängengeblieben und hat sich selbst stranguliert."

„Und danach ist er ins Wasser gesprungen. Der perfekte Selbstmord." Kranskis Lachen zog wie der Golfstrom durch die Flure.

In Emil Plums toternstem Gesicht verebbte der Strom. „Nein. Aber möglich ist, dass er sich befreien konnte, aber so benommen war, dass er die Böschung hinunterstürzte, ins Wasser fiel und nicht die Kraft hatte, an Land zu schwimmen. Wir haben Krümel von Marihuana in seiner Manteltasche gefunden."

„Nun", gab Kranski zu bedenken, „selbst einer Frau, die unsere Rechtsmedizinerin irgendwie ist, dürfte es nicht schwer fallen herauszufinden, ob der Mann schon tot war, als er ins Wasser fiel oder ob er ertrank."

Plum überhörte die Spitze gegen die Rechtsmedizinerin und präsentierte den Knalleffekt dieses Leichenfundes. „Vielleicht", sagte er, „hat dein Robert Kühn diesen Mann ebenfalls auf dem Gewissen. Vielleicht hat der Kerl gesehen, wie er Desario ermordete."

„Oder", Kranskis Augen schimmerten giftig, „er ist der einzige Zeuge, der Robert Kühn hätte entlasten können."

„Dann, das hieße ja, du meinst ...", Plum stotterte. „Aber du bist doch von Kühns Schuld überzeugt."

„Ja, genauso wie der Staatsanwalt."

„Warum besprichst du den Fall nicht mit Laura Malo? Ich glaube", Plum räusperte sich verlegen, „sie hat den sechsten Sinn."

„Ach Laura", schwärmte Kranski mit einem traurigen Nachhall. „Macht Urlaub auf Fuerteventura. Ist das zu fassen? Im Ausland! Falls sie in Gefahr gerät, kann ich sie nicht beschützen."

Plum hustete angestrengt um zu verhindern, dass Kranski sein vor Spott triefendes Mienenspiel mitbekam.

Kranski klemmte kurzentschlossen die Aktentasche unter den Arm und stemmte mit der Schulter die Tür zum Treppenflur auf. „Ich denke, ich werde mit dem Fall alleine fertig. Und sollte der Kühn tatsächlich unschuldig sein, was hätten wir in der Hand? Wenn die Wasserleiche aus dem Penner-Milieu stammt, forscht ihr auf einem weiten Feld der Motive. Na dann sucht mal schön." In großen Sprüngen nahm der Kommissar die Stufen und ein nachdenklicher Emil Plum schaufelte sich Richtung Büro.

Montag, 24.11. – 14.00 Uhr

Kurz vor der Beerdigung hatte Veronica an Lilians Bett gesessen und die einzige Wahrheit gesagt, die, dass Gerald tot sei. Aber wie es dazu gekommen war, erfand sie, als erzähle sie ihrer Tochter ein Märchen.

Stumm und tränenlos hatte Lilian zugehört, die Lider fest auf die Augen gepresst, den Kopf zur Seite gewandt und mit einem Mal hatte sie begonnen, das Bettzeug an sich zu raffen, in dem sie sich nach und nach eingrub.

Nachdem Professor van Linden Veronica eröffnet hatte, dass Lilian schwanger sei, peinigten sie die wildesten Vorstellungen. Ihre Tochter würde weder die Abtreibung noch das Austragen des Kindes von … ja, von wem? verkraften. Der Schmerz zerriss Veronica innerlich. In ihren Alpträumen fand sie Lilian mit aufgeschnittenen Pulsadern im blutroten Wasser der Badewanne. Oder mit zerschmetterten Gliedern auf der Straße vor einem hohen Gebäude.

Heute hatte der Professor Lilian nochmals untersucht, hatte gesagt, dass sie genesen sei und Veronica unbedingt – „denn die Zeit läuft uns davon, Frau Desario" – mit ihr sprechen müsse.

Nachdem der Professor gegangen war, brachte Veronica ihre Tochter dazu, sich warm anzuziehen und einen Schritt nach draußen zu wagen, den sie bisher verweigert hatte, obwohl ihre Erkältung auskuriert war.

Nun kauerten sie beide, dick eingemummelt, auf der Schaukel im Atrium. Der November spendete einen lichten, leicht gekühlten Nachmittag. Auf Lilians Wangen lag ein rosiger Hauch, den man der frischen Luft zuschreiben konnte, aber ebenso dem Gespräch, das Veronica mit ihr führte und vor dem sie sich maßlos fürchtete. Doch Lilian zeigte keine nennenswerte Reaktion auf die Mitteilung, dass sie schwanger sei.

„Ach", sagte sie nur, „deshalb fühle ich mich manchmal so komisch."

Veronica hatte nicht den Mut, nach dem möglichen Vater zu fragen. Noch nicht, dachte sie, jetzt noch nicht. Wir brauchen beide Zeit.

Die Zukunftspläne ihrer Mutter nahm Lilian kommentarlos hin. Plötzlich zeigte sie auf den Mauerrand. „Sieh mal, Mutter, eine Meise. Bestimmt hat sie Hunger. Es wird Zeit, das Vogelhäuschen aufzustellen."

„Lilian, Liebes, willst du das Kind? Willst du mit in die Schweiz, Privatunterricht nehmen, und bist du einverstanden, wenn das Baby als meines ausgegeben wird?"

Zum ersten Mal, seit sie hier saßen, sah Lilian ihre Mutter an. „Was will Gerald?"

Es kostete Veronica unermessliche Kraft, aber sie sagte sehr bestimmt und in einem harten Ton: „Gerald ist tot. Wir entscheiden. Nur wir beide."

Lilian stieß die Schuhspitzen in den Boden und versuchte, die Schaukel zum Schwingen zu bringen. Vergeblich.

„Lass es uns gemeinsam versuchen." Veronica stieß mit ab. Die Schaukel bewegte sich in einem wiegenden Auf und Ab. Lilian schmiegte sich eng an ihre Mutter, legte den Kopf auf ihre Schulter in den weichen Webpelzkragen ihres Mantels und die Hände in den Fäustlingen krochen unter Veronicas Armbeuge.

„Wir machen es so, wie du willst, Mama."

Tränen schossen Veronica in die Augen. Bis zu diesem Moment hatte Lilian sie ausschließlich mit dem strengen, auf Distanz haltenden „Mutter" angesprochen.

Ein Motorengeräusch, sehr leise in großer Höhe lenkte ihre Aufmerksamkeit zum Himmel. Veronica hob das Gesicht, gestattete dem Wind ihre Tränen zu trocknen und verfolgte den Flug der Passagiermaschine. Schlagartig hörte sie wieder Hertas kreischendes Glück auf dem AB und dass sie sich eine neue Putzfrau suchen müsse. Danach ratterte ein Rattenschwanz von Entschuldigungen und Bedauern ab, bis der AB mitten drin ausschaltete. Veronica drückte ihre Tochter fest an sich, winkte dem Silbervogel, in dem Herta vielleicht ihrem Traum entgegenflog, Lebewohl zu, bis er in den Wolken verschwand. Sie winkte solange weiter, bis auch das Brummen verklungen war.

Dienstag, 02.12. – 10.00 Uhr

Zwei Wochen nach seiner Inhaftierung, teilte man Robert mit, dass der Staatsanwalt Anklage wegen Mordes erhoben hatte. Das Bild, das die Ermittlungsarbeit entworfen hatte, entlarvte Robert klar als Täter. Motiv, Gelegenheit, Tatwaffe, alle Spuren wiesen auf ihn. Nicht ganz zufrieden war der Staatsanwalt damit, dass es weder an der Leiche noch an Robert Kontaktspuren gab. Aber man ging davon aus, dass jemand, der einen Mord so kaltblütig und raffiniert geplant hatte, auch fähig war, Spuren zu vermeiden oder die zur Zeit der Tötung getragene Kleidung zu vernichten. Das einzige Missgeschick war, dass Robert Kühn, aus welchem Grund auch immer, nachgeschaut hatte, ob sein Opfer noch lebte. Dabei war der Wollfaden, der mit der Wollprobe von Roberts Pullover übereinstimmte, hängengeblieben. Auch wenn Desario letztendlich den Tod durch Ersticken gefunden hatte, war doch der erste, wenn auch fehlgeschlagene Tötungsversuch, mit dem Hammer ausgeführt worden. Bei der Durchsuchung von Martha Grubers Wohnung fand man unter der Spüle das Reinigungsmittel, das auch am Hammer haftete. Man fand Spuren des Klebebandes am Boden des Schrankes und zu guter Letzt, Robert Kühns DNA am Griff.

„Selbstverständlich", hatte Robert protestiert, „ich habe ihn angefasst. Ich habe für die alte Dame kleinere Handwerksarbeiten im Hause erledigt."

„Aber bei der Vernehmung haben Sie gesagt, dass Ihnen der Hammer unbekannt ist, obwohl er eine auffällige Korrektur am Griff hat."

Robert hatte die Unterlippe hochgestülpt und von da an geschwiegen.

Der Busfahrer hatte Robert auf dem Foto, das man ihm vorlegte, nicht erkannt. Trotz nochmaliger Aufrufe über die Medien meldete sich kein Zeuge, der zur fraglichen Zeit etwas beobachtet hätte. Robert Kühn hatte kein Alibi, dafür aber ein klares Motiv.

Man stellte Robert Kühn einen Pflichtverteidiger. Ein Mann um die Dreißig, dessen dünnes helles Haar am Hinterkopf eine runde kahle Stelle aufwies. Seine Augenfarbe erinnerte Robert an das ausgebleichte Holz eines Schiffsrumpfes, den er im Trockendock gesehen hatte. Irgendwie amüsierte es Robert, als sein Anwalt, Dr. Stelzer, die ausgewaschenen Augen auf ihn richtete, sich zu einem schrägen Lächeln zwang und sagte:

„Ich plädiere auf Totschlag. Sie haben den Hammer ausschließlich als Handwerkzeug mit auf das Schiff genommen und dann, im Affekt", Stelzer sah Robert beschwörend an, „weil Desario plötzlich eine viel höhere Summe für das Schiff verlangte, zugeschlagen." Der Anwalt errötete vor lauter Cleverness. „Dass Sie Desario erstickten, geschah aus Panik." Beifallheischender Blick, der in Roberts ironischer Miene erstarb.

„Legen Sie ein Geständnis ab, kooperieren Sie bezüglich eines Rücktransfers des Geldes und in ein paar Jahren sind Sie bei guter Führung wieder draußen."

Stelzer verlieh seiner Stimme einen munteren Kopf-hoch-Ton und begann nervös in Roberts Unterlagen zu blättern.

„Draußen! Frei, aber gefangen in der Armut." Robert stand auf, drehte Stelzer den Rücken zu, bat den wachhabenden Beamten höflich, ihn wieder in die Zelle zu bringen und ließ einen erschütterten Anwalt zurück.

Dienstag, 02.12. – 01.00 Uhr

In der Nacht auf den dritten Dezember, der Nacht vor dem ersten Verhandlungstag, nahm Robert einen Becher, ging zum Waschtisch und füllte ihn mit Leitungswasser. Er entflocht die Rasterlocken und zog schmale Cellophanstreifen daraus hervor. Dann schüttete er eines der Pulver, die in dem Cellophan verpackt waren, in den Becher. Er rührte solange, bis das Pulver sich vollständig im Wasser aufgelöst hatte, und trank es. Nachdem er das Chloroquin geschluckt hatte, füllte er den Becher erneut mit Wasser, setzte sich auf die Pritsche und begann zu zählen. Er hatte keine Uhr und auf dem Zettel hatte gestanden,

dass das Diazepam eine Viertelstunde später eingenommen werden sollte. Deutlich sah er Marthas krakelige Handschrift vor sich. Auch das hatte sie in ihrer Kulturtasche verborgen, das tödliche Medikamentenpaar und die Notiz. Endstation Siechtum. Er begriff ihre Angst. Und wenn er es recht bedachte, hatte er nur ihren Wunsch, schnell und schmerzlos zu enden, erfüllt. Er unterdrückte den aufkeimenden Lachreiz. Er konnte kein Auge am Guckloch gebrauchen. In Marthas Tasche hatte er den Schlüssel zu einem Leben in Freiheit neben dem Tod gefunden. Mit dem Instinkt eines gejagten Tieres hatte er die Tabletten zu Pulver zerstoßen, in Cellophan gepackt und in sein dichtes Haar geflochten.

Nun also zählte er und hoffte, die fünfzehn Minuten ungefähr zu treffen. Das Zählen machte ihn schläfrig. Er konzentrierte sich auf das Geräusch der vorbeifahrenden Autos. Ein Geräusch, das durch die Gitter vor dem geöffneten Fenster nicht aufgehalten wurde. Zu dieser späten Stunde fuhr seltener ein Wagen vorbei. Trotzdem hielt es Robert wach. Dreihundertdreiunddreißig. Er lauschte aufmerksam, zählte dabei murmelnd. Vierhundert. Hörte das Brummen aus der Ferne herannahen und in der Ferne verschwinden. Sechshundertzwölf, sechshundertdreizehn, sechshundertvierzehn. Aufbrechen, fortfahren, weggehen. Siebenhundertfünfzig. Er lauschte und murmelte die Zahlen, bis er neunhundert Sekunden abgezählt hatte. Dann trank er den Becher mit dem aufgelösten Diazepam darin leer. Er streckte sich auf der Pritsche aus. Das hochdosierte Beruhigungsmittel wirkte schnell. Robert versank in seinen Körper, als fiele er in weiche Kissen. Die Muskeln entspannten, alles Fleisch und selbst die Knochen erschlafften. Eine friedliche Müdigkeit führte ihn dem ewigen Schlaf entgegen. Nur kurz blitzte ein Licht auf. Ein blendendes Licht, das von einem weißen Schiff reflektiert wurde. Er spürte, wie der schlanke Bug in ein tiefes Wellental schlug, hochschoss, auf dem Wellenkamm schaukelte und wieder hinunterraste. Es rauschte. Die Gischt benetzte sein Gesicht. Er stand hochaufgerichtet am Steuer. Dann stürzte er in die letzte Welle, die schwarz und lautlos über ihm zusammenschlug.

Sie wollen mehr von
Barbara Kletzin lesen?

Mehr über die Autorin
erfahren Sie auf der Website

www.clutch-and-crime.de